怖ガラセ屋サン

澤村伊智

幻冬舎

第一話

人間が一番怖い人も

一

「トイレの花子さん？　ああ、昔のやつでしょ」

晴樹《はるき》は半端に声変わりした声で言った。

「そうかあ、もうそんな感じなのか」

隔世の感を覚えて俺は笑った。四半世紀ほど前なら誰もが知っている、トレンドと言っていい怪談だったが、今の小学六年生にとっては古い話らしい。いや、怪談ではなく都市伝説だったか。まあどちらでも構わない。司馬戸《しばと》ならその違いを長々と語るだろうが、俺にとっては瑣末《さまつ》なことだった。

「じゃあ今はどういう話が流行ってるんだ？　ネットとかじゃなくて、学校で」

テレビの音量を下げて俺はソファにもたれる。こたつで丸くなってタブレットを弄《いじ》って

いた晴樹が手を止め、

「学校限定？」

と訊く。これも時代だ。小学生の世界は今や家庭や学校に限らない。学習塾はもちろんインターネットのコミュニティもある。もっとも、塾に関しては俺も一時期通っていたし、そこで怪談なり何なりを耳にした記憶はあった。息子と決定的に断絶しているわけではないのだ。

「だけじゃなくてもいいよ。聞いた話なら何でも構わない」

「うーん」

晴樹は天井を見上げた。鼻と上唇の間の産毛が目立つ。まだ髭《ひげ》と呼べるほどではないが、確実に成長しているのが分かって嬉しい。そして少しばかり寂しい。

「隣の……奥井小学校あるじゃん。丘っていうか山の上にある」

「うん」

「何年か前、あそこの生徒が流されたって話は聞いたことあるよ。台風の時に道路脇の大きい溝に落ちて。死体が見つかったのは東京湾だって」

「大事《おおごと》じゃないか」

「うん、でそれから台風の日になると、学校近くの側溝にその死んだ生徒が出るらしい。足摑まれたヤツが何人かいるって」

晴樹はぽりぽりと顎《あご》を掻いて、

「まあ、結構怖いからね、あそこの溝。雨降ったら激流になるから」

と、真顔で言った。

奥井小学校には行ったことがあった。たしか晴樹がリトルリーグに所属していた頃だ。おそらく二年前。試合が始まってすぐに雨が降って中止になった。帰り道、側溝は泥水が溢れそうになっていた。轟々《ごうごう》と音を立てて流れる茶色い水を見て、晴樹が顔を引き攣《つ》らせていたのを思い出す。

もっともらしさはそれなりにあるだろう。あれに流されて溺れ死に、暗い下水道を通って海に出ることを想像して怖くなることもあるだろう。犠牲者を空想し、その苦しみを怪談にして噂し合う心理も理解できる。

ただし「幼い子供であれば」の話だが。

「信じてるのか？」

「まさか」晴樹は不満そうに俺を睨《にら》み付ける。「そういう話聞かせろって言ったの父さんだろ。だから教えただけじゃん」

「すまんすまん」

俺は詫びの言葉を口にした。今の怪談は晴樹にとっても怖いとは思えないようだ。驚きとともに確信を抱く。

幽霊が出てくる怪談など、所詮は子供騙しなのだ。思春期を迎える頃には大半の人間が、ごく自然に卒業していくものなのだ。

「じゃあさ、お前が怖いって思った話は？」

「塾のストーカー」

晴樹は即答した。すらすらと語り出す。

去年から通っている駅前の学習塾「トキニコ」で、とある中学一年の男子生徒が女子生徒をストーキングしていたという。同じ授業に編入してくる、自習室で後ろの席に座る、帰り道で後から尾《つ》けてくる——

女子生徒の親が経営者に相談した翌日、男子生徒は自宅で焼身自殺を図った。奇跡的に助かったものの彼の精神は完全に崩壊した。以来、生徒——いや「元生徒」は夜になるとしばしば塾近くを徘徊し、帰宅途中の生徒を男女関係なく尾け回すようになったという。火傷《やけど》だらけの顔を大きなマスクで隠し、わずかに残った髪を振り乱して……

考えるまでもなく作り話だろう。トキニコはそれなりに知名度のある学習塾だが、駅前校ができたのは二年前だ。実際にそんな出来事があれば自分の耳にも届いていたはずだ。

だが、今の話はさっきの側溝の話よりずっとリアルに思えた。近所をうろつくおかしな人間の方が、幽霊なんかよりはるかに現実味がある。やはり怖いのは生きている人間なのだ。

自分の認識がさらに補強されていくのを感じながら、俺はうんうんと息子の話に聞き入っていた。

「もう、なに変な話してるの?」

呆れた声がした。洗面所から出てきた妻の美里《みさと》がタオルを頭に巻いて、困り顔でこちらを向いている。

「父さんが話せっていうからさ」

言い訳がましく晴樹が答える。

「え? どうして?」

「いやあ」俺は美里に笑いかけると、「会社の後輩に言われたんだよ、怪談集めてきてくださいって」と正直に打ち明けた。

「はあ?」

彼女はますます困惑した顔で俺を見つめた。

勤めている会社の後輩、司馬戸浩介《こうすけ》に「怪談を教えてもらえませんか」と頼まれたのは先週のことだった。

意外ではなかった。彼がそうした分野の愛好家だということは以前から知っていた。きっかけは確か歓迎会での雑談だったか。

「最初は小学三年の頃ですね。風邪で学校休んだんですけど、昼過ぎにちょっと回復して。母親がパートで家にいなかったんで、テレビ点けたんですよ。そしたらワイドショーで心霊写真の特集やってて」

小さな身体を更に縮め、丸い顔を弛《ゆる》めて彼は語る。

「人物の目を黒い線で隠してるやつか」

記憶を頼りに合いの手を入れると、彼は目を細めて、

「そうです浦部《うらべ》さん。今でもはっきり覚えてるのは、どこかの観光地で撮った写真ですね。中年夫婦が並んで写ってて、後ろに紅葉と青黒い池があって。で、その池の真ん中から白くて細い手が――」

ぽこん、って出てたんです、と言った。

決め台詞だったのだろう。「ぽこん」という擬音は自然に思い浮かぶものではない。わざわざ池のことを「青黒い」と形容し、紅葉と対比させているのも作為的に思える。話の核心であるところの「白くて細い手」を鮮明にイメージできるよう、あらかじめ色彩の情報を伝えているのではないか。

彼の表情は真剣なものに変わっていた。

聞き手を怖がらせるために練り上げた話だ。そう直感した。

だが俺は少しも怖いとは思わなかった。「悪いけど」と前置きして正直にそう伝えると、

彼は残念そうな顔で言った。

「やっぱりかぁ。いざこうやって話すと、全然怖さが伝わらないんですよね。見た時は本当にゾッとしたのに。怪談ライブにも行って勉強してるんですけど」

「怪談ライブ？」

俺は思わず訊いた。そんなものが今のご時世に催されているのが信じられなかった。

司馬戸の説明によると、ライブハウスや小劇場で怪談を語り聞かせるイベントはしばしば行われているという。代表的なのは稲川淳二《いながわじゅんじ》の主催するものだが、彼以外にも「怪談師」を名乗る人は少なからずいて、聞き集めた怪談を披露するらしい。観客はただ聞くだけのこともあれば、登壇して話すこともあるそうだ。最近は都内だけでなく、地方でもそうした会が催されている。つまり広がりを見せている。

「で、時間があれば行ってるんです。たまに登壇して話したり。上手い人はアマチュアでも上手いんですけど、僕はまだまだだなあと」

恥ずかしそうに、それでいて純粋に楽しそうに語る彼を見て、「変わったやつもいるんだな」と思った。

司馬戸はそれからも変わらず怪談会に足を運んでいるようだった。友人たちから怪談を聞き集めているとも聞いていた。

だから彼に怪談を教えてくれと頼まれた時、俺はすぐに事情を悟った。「イベントで話す用だろ?」と先回りして訊ねると、彼は「さすが浦部さん、話が早い」と嬉しそうな顔をした。

「お子さんにも訊いてもらえませんか? 古きよき怪談も味があっていいですけど、今どきの怪談も興味あるんで」

「分かった」

俺は苦笑して答えた。

「……変わった人だね」

事情を説明し終わると、美里は憐れむような表情で言った。

「まあ、稲川淳二のは聞いてみてもいいかなって、ちょっと思うけど」

言い訳めいたことを付け加える。俺も同じ気持ちだった。かつては——俺が子供の頃はイロモノ扱いだった「バラエティ番組で酷《ひど》い目に遭い、たまに怪談を語るタレント」が、いまや怪談の語り手として第一人者になっている感すらある。そこに興味がまったくないと言えば嘘になる。

「変だけど真面目だし仕事はできるし、可愛い後輩さ。頼まれたら助けてやりたくもなるよ」

「家に呼んだことはある?」

美里が訊いた。これまでも後輩や友人を家に招いたことは何度かあったが、司馬戸はまだ一度もない。

「いい機会だから呼ぼうかな。準備は俺がやるから」

「どうせまた『明日になった』とか急に言うんでしょ。いつもそうだし。で、最終的にわたしが全部やるの」

うんざりした口調で言う美里。晴樹がやれやれといった顔でタブレットを弄っている。俺は「まあまあ」となだめながら、

「なんか怪談があったら聞かせてやればいいよ。あいつも喜ぶだろうから」

「あるわけないでしょ、そんなの」美里は小馬鹿にしたように笑うと、「怖いのは人間。以上。それで全部」と、洗面所に引き返した。

二

翌週の土曜。午後六時。

「浦部さん、奥さん、この度はお招きいただいてありがとうございます」

テーブルの向かいで司馬戸は深々とお辞儀をした。我が家に入ってからもう三度目だ。さすがにくどいと思わなくもなかったが、美里は機嫌をよくしたようだった。

「全然。いろいろ気を遣っていただいて」

美里が手にしたワインボトルを掲げる。司馬戸が持ってきたものだ。テーブルには美里が作ったつまみ、そして司馬戸がデパートで買った豪華な惣菜が並んでいた。

「いえ、ぜんぶ彼女の提案です。自分は気が利かなくて」

彼は照れ臭そうに笑うと、隣の席に顔を向ける。

黒髪ショートカット、黒いタートルネックのセーターを着た若い女性が、はにかみながら首を振った。桃色の薄い唇から真っ白な歯が覗く。

安藤郁《あんどういく》――司馬戸の婚約者だ。今日のささやかな晩餐に誘ったところ、「会ってもらいたい人がいる」と彼は言った。俺はそこで初めて、彼に交際相手がいることを知った。

彼女とは去年、とある怪談ライブで隣の席になったことで知り合ったという。その後も何度か顔を合わせ、話しているうちに交際するようになったらしい。プロポーズしたのはつい半月前。

司馬戸に付き合っている女性がいること、婚約していることにも驚いたが、それ以上に、その手の催しに女性が出入りすることも驚きだった。聞けば男女比は半々ほどらしい。偏見まみれだった自分を恥じ入りながら、俺は彼女の参加を快諾した。

ワインで乾杯し、自己紹介も交えた雑談が続く。郁はそこそこ有名な建築事務所で働いているらしい。彼女が挙げたチャペルや旅館の名前は俺にはさっぱりだったが、美里は「あのコンクリート打ちっ放しの？　へえ」と目を丸くしていた。

話の流れで俺は就職から結婚、そしてこの新築マンションを購入するまでのことをかいつまんで話した。結婚してすぐ晴樹を授かったことも。

当の晴樹は塾の冬期合宿で不在だった。帰るのは明日の夜だ。

「大変ですね、土日まるごと」

早くも頬《ほお》を赤くした司馬戸がつぶやいた。

「まあな。でもこの辺の公立はちょっと」俺はグラスを傾けながら、「将来を考えると通わせる気にはならない。今通ってる小学校でも、ガラの悪い同級生に目をつけられてるみたいだし。いじめってほどじゃないけど。教師も見て見ぬ振りさ」

「そうなんですか」

「ああ。トキニコ……塾の生徒や先生たちとの方がまだマシな関係を築けてるみたいだ。合宿は正直嫌そうだったけど仕方ない」

つい溜息を漏らしてしまう。

「すまんな、子供の話なんかして」

「とんでもない」

司馬戸が真面目な顔で答えた。缶ビールを飲みながら、

「勉強もそうですけど、人間関係も大事ですから。子供でも一緒です。むしろ大人より世界が狭い分、何かあったら大変なことになる」

いつもより早口で話す。学生時代に何かあったのだろうか。彼にとってはデリケートな話題だっただろうか。話を変えようと思っていると、

「……すみません、兄が中学でいろいろあったもので。いじめで不登校。よくある話です」

司馬戸が言った。

「いや……」

俺はそれだけしか返せなかった。わざとではないにせよ、後輩の辛い記憶を刺激したことを後悔していた。直接の被害者ではなくても、家族に犠牲者がいるのなら他人事ではない。

ぼんやりと中学の頃を思い浮かべていた。いじめられている人間は何人かいた。高木《たかぎ》、岩倉《いわくら》、吉野《よしの》に鈴元《すずもと》。学校に来なくなったのは吉野だったか。

美里が困り笑いを浮かべて惣菜を突《つつ》いているのに気付いた。何か明るい話題はないか、この集まりの目的は何だったかな、と最初の最初に立ち返って考えていると、

「わたしも一時期、学校に行けませんでした。小学生の頃です」

郁が静かに言った。

「家でずっと怖い本を読み漁って、怪談にも興味を持って、夢中になって救われた気がしたんですね。一年くらいでなんとか学校に行けるようにもなりましたし、だから……」

そうだ。怪談の話だ。

「だから怪談は大事なんです。司馬戸くんとも知り合えたから尚更」

優しい眼差しで司馬戸を見つめる。

「だね。ありがとう」

彼は穏やかな顔で答えた。今の話は本当なのか。そう訝《いぶか》りながらも俺は、

「じゃあれだな、ここで息子から聞いた怪談をご報告させていただこうかな」

と言った。強引ではあるが軌道修正できて安堵していたし、きっかけを作ってくれた郁に感謝もしていた。


晴樹から聞いた怪談はそれなりに受けた。司馬戸は「それ分かります。自分も山奥の学校に通ってたので」と熱っぽく語り、郁も目を輝かせていた。目新しさではなく共感を呼ぶ点が面白い、ということだろう。

「『側溝の少年』ってタイトル付けたくなりますね、いや『雨の日の側溝』の方が雰囲気出るかなあ」

司馬戸が首を捻《ひね》る。タイトルが要るものなのか、と可笑《おか》しくなったが、人前で披露する際には大切なことなのかもしれない。となると……

「もう一つあるぞ。『塾のストーカー』」

俺は言った。郁の顔に一瞬、落胆が浮かんだような気がした。最後まで話すと司馬戸も複雑な表情になっていて、「すごく現代的ですね」と短い感想で済ませた。明らかに受けが悪い。

「いまいちだったか？　俺はこっちの方が怖かったけど」

「えっとですね」司馬戸は少し考えると、「ストーカーは怖い、それは分かります。僕も怖いと思います。でもそこで感じるのは悲惨な事件のニュースを見聞きした時と同じ怖さなんですよ。さらに言えば、現実にはもっと酷いことがいくらでも起こっています。今までも起こりましたし、これからも起こるでしょう。だから、ええと」

「そういうダイレクトな怖さはニュースで充分なんです。すみません、せっかく教えてくださったのに」

郁が申し訳なさそうに言った。

ふうむ、と俺は腕を組んだ。「塾のストーカー」は二人の好みには合わないというわけだ。別の言い方をするなら「ボツ」だ。とはいえその理由がまったく理解できないわけではなかった。司馬戸も郁も、現実そのものの怖さを突きつけてくるような話を求めているわけではないらしい。

だが——

「そこがちょっと分かんないんですよね、正直」

美里が言った。グラスにワインを注ぎながら、

「ニュースで充分怖いなら、怪談なんか……ごめんなさい、怪談をわざわざ集めたりする必要ないんじゃないかって思っちゃう。だって怖がりたいんですよね、お二人とも」

二人が同時にうなずいた。美里は「ううん」と唸り声をあげると、

「お化けとか幽霊の方が怖いってこと？　ストーカーなんかより。あ、実在するってお考えなんですか？」

そう訊ねる。

「いえ」

司馬戸は曖昧な笑みを浮かべて、

「実在するしないは保留しています。でもそういうのが出てくる話が面白いなって単純に思うんです。魅力的というか」

と説明する。郁が大きくうなずく。

「そうなんですかあ」

呆けた顔で美里はワインをぐいぐい飲んだ。頬は紅潮していないし口調もはっきりしているが、目が少しばかり据わっていた。

美里はトンとグラスを置くと、

「大人になっちゃったのかなあ。ピュアな感性とか無くしちゃったみたい」

溜息混じりにつぶやいた。

不味《まず》い、と思った。今のは二人を子供扱いしているのも同然だ。幼稚だと嘲笑《あざわら》っているのと変わらない。

「おい美里……」

「よく言われます」

郁が明るい声で言った。

「周りに訊いても、怖いのは人間、そうでなければ貧困や不景気だと答えます。成熟した大人が怖がるのはそういうものだと。わたしも怖くないとは思いませんが……」

「魅力を感じるんですね、怪談の方に」

俺はさっきの司馬戸の発言を思い出しながら言う。

彼女はきっぱり「はい」と答えた。

「でもやっぱり人間が一番怖いと思うなあ」

美里が食い下がる。

「幽霊なんか全然怖くない。お化けもそう。ムラサキ鏡だって三十七歳の今でも覚えてるけど、死んじゃうかもとかちっとも思わないし」

どこか得意げに話し続ける。酔って気が大きくなっているのか。酒癖は決して悪くないはずだが、今日はどうしたことだろう。

普段関わらない人と、普段話さない話をしているせいか。

彼女が新たにワインを注ごうとしたところで、郁がぼそりと言った。

「狂犬病……」

「ええ？」美里が素っ頓狂な声を上げる。

「主に犬を媒介にして感染するウイルス性疾患です。治療薬は今現在もありません。発症すればほぼ確実に死にます。高熱を出し全身が麻痺し、やがて呼吸することもできなくなって」

涼しい顔で郁は語る。

いったい何の話だ。美里が何か訊こうとしたところで、

「アジア圏だけでも年に三万人が狂犬病で死亡しています。ですが日本国内での感染・死亡件数は六十年以上ゼロです。これは何故かご存じですか？」

「えっと……予防注射？　飼い犬の」

美里がおずおずと答えた。

「そうです」郁がうなずく。「そして自治体による野犬の駆除も。つまり人々のたゆまぬ努力のおかげです。わたしたちから怖いモノを遠ざけてくれる、そんな人が大勢いたし今もいるんです。狂犬病だけではありません。ペスト、コレラ、破傷風に結核。天然痘は自然界には存在しなくなりましたが、これも勝手に無くなったわけではありません。多くの

人の知恵と努力で根絶したんです」

　ここで息継ぎをすると、

「人間が一番怖いと口にする人の中で、自分がそうした恩恵に与《あずか》っていると意識している人はどれほどいらっしゃるでしょう？　あるいは今後、未知のウイルスや細菌といった脅威に晒される可能性に思いを馳せる人は？　わたしはゼロだとしても驚きません。それどころか世の中は最初から安全で快適で、人間くらいしか怖いものがないとピュアな感性で信じ込んでいるのではないかと」

　郁は黙った。表情は穏やかだったが目は冷たく、まっすぐに美里を見据えていた。

　美里はワインボトルを手にしたまま固まっていた。

「す、すみません奥さん、浦部さんも」

　司馬戸がへこへこと頭を下げた。

「言い訳になっちゃいますけど、何が一番怖いかって話になると、つい」

「……申し訳ありません」

　郁がか細い声で言った。俺は散らかった感情を整理すると、

「いや――まあお互い様だよ。こっちも失礼なこと言ったし」

「まあ……そうかも」

　美里が自分の頬を撫でながら、「ごめんなさいね、ちょっと酔っちゃったみたいで」と

詫びる。俺はパンッと手を叩いて、

「飲み直そうか」

と言った。司馬戸が美里からボトルを受け取り、空になった俺のグラスにワインを注ぐ。

「本当にすみませんでした」

また郁が謝り、「こちらこそ」と美里が返す。

「じゃあ乾杯だ。仲直りというか何というか」

グラスを掲げると、向かいの二人も俺に続いた。

満たされた四つのグラスが、テーブルの中央でカチンと軽くぶつかった。

三

取り留めのない雑談が続いた。美里も郁も何事もなかったかのように言葉を交わして笑い合っていたし、司馬戸も徐々に緊張を解いていた。完全に一件落着だ。俺は心の中で胸を撫で下ろした。

トイレから戻ると、

「えっ、でも怖くないんじゃないですか？　それ以前にお嫌いでは……」

と郁が困り笑いで言った。

「せっかくだし、わたしも食わず嫌いは止めようかなって」

美里が答えた。郁は司馬戸と顔を見合わせる。

「まあ、好きだとか魅力的だとか、散々アピールしたしね」

司馬戸が惣菜を口に放り込む。この会話から察するに――

俺が席に着いたのを見計らうように、郁が居住まいを正した。

「じゃあ先日、友人から聞いた話を一つ」

やはりだ。彼女はこれから怪談を披露するのだ。

俺はワインを一口飲んだ。この状況は奇妙と言えば奇妙だが、いい機会だとも思った。お手並み拝見といくか。

「その友人――彼女は大学で上京したんですけど、それまではずっと関西にいたんですね。で、高校三年になると同時に、予備校に通い始めました。『幻冬館予備校』という名前で、駅前の、古い雑居ビルの二階だったそうです。講義室が三つ、自習室と事務室が一つずつあったとか」

郁は淡々と話す。

「学校が夏休みに入っても、予備校には毎日のように午前中から通いました。夏期講習と自習のためです。違う高校に通う男子生徒と仲良くなったこともあって、それなりに楽しく勉強に励んでいたそうです」

お盆が明けるまでは、と郁は言った。

前振りは終わりだ、ということだろう。美里が足を組みながらグラスのワインをあおる。司馬戸は缶ビール片手に興味深げに聞いている。初めて耳にする話らしい。

「講義を受けていると、急に廊下が騒がしくなりました。子供の……同世代くらいの男女の声が聞こえました。それに混じって大人の声も。講師は話すのを止めて講義室を出て行きましたが、すぐに戻ってきました。そしてそのまま講義を再開しました。廊下のざわめきはまだ続いているのに。一人の生徒が講師に『何があったんですか?』と訊ねました。講師はこう答えました。『何もあらへん。気にすんな』」

なめらかな関西弁だった。郁も関西出身なのかもしれない。ぼんやりとそう考えながら、俺は講義室のイメージを漠然と思い浮かべていた。蛍光灯。整然と並んだ白いテーブルに椅子。そこに座る生徒たち。黒板を背にした予備校講師は、どこか胡散臭《うさんくさ》い雰囲気を漂わせている。

そして廊下からの話し声。

「講師は何事もなかったかのように講義を続けます。廊下の声はまだ聞こえます。何を言っているのかまでは分かりません。でも楽しい雰囲気ではなかったそうです。どこか切迫したような、慌てたような会話と気配を、壁とドアの向こうに感じたと。彼女はまったく講義に集中できなくなっていました。他の生徒たちも落ち着きがなくなっていましたが、ざわめきは次第に治まり、やがて聞こえなくなりました」

郁は少し間を置くと、

「講義が終わると、何人かの生徒がすぐに廊下に出ました。友人も後に続きましたが、特に変わった様子はなかったそうです。講師も事務室に戻ってしまったので、問い質《ただ》すこともできません。友人はなんとなく勉強する気になれなくて、その日は帰宅しました。ですが後日、親しい男子生徒からこんな話を聞いたそうです——あの後すぐ男子トイレに行ったら、床の隅に赤い液体が点々と散っていた、と」

「え……血ってこと？」美里が訊いた。

「それらしく見えた、とは男子生徒も言っていたそうです。洗面所にも赤茶色の何かを拭ったような跡が付いていたとか。ですが血かそうでないのか、確かめる術はありませんでした」

たしかに、と俺は思った。見た目がそれらしいか否か。血そのものを単独で識別する基準はそれくらいしかない。舐めて確かめるわけにもいかないだろう。

「講師たちに訊いても『何もない』の一点張りでした。生徒たちに訊いたところ『覗きが出たらしい』という答えが返ってきたそうです。でも詳しいことを知っている人は誰もいませんでした。それ以来、友人はなんとなく嫌になって、講義以外は家で勉強するようになりました。それでも二学期も普通に予備校に通い続け、無事に志望校に合格したそうです」

　郁はそこで口を閉じた。しばらく待ったが続ける様子はない。

　美里がぽかんとしていた。

「……ええと」

　戸惑いの声が漏れる。当然だろう。何がどうなっているのか分からない。それにただ不審者が闖入《ちんにゅう》しただけという気もする。というより実際そうだったと考える方がまともだ。血の件は関係あるようで実はないのかもしれない。いずれにしろ中途半端だ。怖くもないし「上手い」とも思えない。幽霊も出てこない。

「ううむ……」

　つい唸り声を上げてしまった、その直後。

「当時、幻冬館予備校で講師のアルバイトをしていた男性がいました。名前は弓削《ゆげ》真一《しんいち》。当時二十一歳、大学生でした」

　郁がようやく話し始めた。司馬戸の顔に安堵の表情が浮かぶ。

「友人がその妙な出来事に遭遇した直後、弓削はアルバイトを辞めました。そして大学卒業後は京都の小さな予備校で講師として働くようになります。五年後、彼は退職して今度は北海道の、小中学生を対象にした個人塾に勤めます」

　個人名を出すことを不思議に思いながら、俺は黙って彼女の言葉に耳を傾けていた。仮名だろうか。それにしては珍しい姓を選んでいる。

「翌年、弓削は逮捕されました」

ゆっくりと郁が言った。空気が張り詰める。いや、張り詰めているのは俺の心だ。話がまた動き出している。

「容疑は強制猥褻《わいせつ》でした。被害を受けたのは小学四年生の男子児童。初犯でしたが悪質だったため実刑判決を受けました。懲役八年です」

険しい顔をしている自分に気付いた。卑劣な犯罪を想像して不快になっていた。美里もそうなのだろう。不味そうにワインを飲んでいる。

郁は完全な無表情だった。そっと両手をテーブルに置くと、

「服役後、弓削は沖縄でまた塾講師の仕事に就きました」

意味ありげに言う。頭の中で状況が見えてくる。

「名前を変えたので気付かれることはなかったようです。そこで三年勤めた後、彼はまた転職します」

彼女は俺と美里を交互に見つめると、

「次に勤めたのはここ、東京の小学生向け学習塾でした。現在もそこにいます。塾の名前は『トキニコ』」

「えっ」美里が声を上げてすぐ、

「今日明日の冬期合宿にも参加しています」

と言った。


「……え、なに？」

美里が尖った声で訊いた。俺の頭に血が上るのを感じる。

「今のどういう意味？」

「意味も何も」郁は平然と答える。「人から聞いた話と、自分で調べたことをお伝えしただけです」

「そうじゃなくて、それをわたしたちに伝える意味が分からないって言ってるの」

引き攣り笑いを浮かべる美里。何とか平静を装おうとしている。

郁はまったく態度を変えなかった。驚いた様子もなければ戸惑っている風でもない。司馬戸は凍りついた表情で彼女をまじまじと見つめていた。

冷蔵庫が唸る音だけが部屋に響いていた。

郁が口を開いた。

「ご存じなかったんですか？」

わざとらしく首を傾げると、

「ご子息を預ける学習塾に勤める人間について何も調べなかった。ただ進学率と評判だけ

背中に

晴樹のことが心配にな

「ええ、今のは嘘です」

郁は当然のように答えた。美里が呻《うめ》き声を漏らす。

「ふ、ふざ……」

「ふざけてはいません。こちらは真面目です。お二人に真剣にお伝えしている。そして確信しました――やはりこんなものだと」

意味が分からない。黙っていると、

「怪談なんて馬鹿らしい、一番怖いのは人間だ。そう公言する人も大抵は油断している。自分とその周りには決定的に怖いことは起こらないと信じ込んでいる。つまりピュアなんですよ。だからこの程度のことで泡を食う。石黒講師だって悔い改めて真面目に業務をこなしているだけかもしれませんよ？　それなのに」

郁が表情を崩した。呆れたような顔で俺を見上げる。

「……みたいですね」

言ったのは司馬戸だった。唇を歪めると、

ていたが、足に力が入らずバランス

んで安心していた。性犯罪の常習者と思われる人間のところへ毎週ご子息を預けて

嘘でしょ、そんなの！」

バン、と美里がテーブルを叩いた。俺と司馬戸は椅子から飛び上がったが、郁は瞬きすらしなかった。

「し、信じるとでも思ってるの？」

震える声で美里が言う。

「もちろん、ただ耳にいれただけで信じてもらえるとは思いません。多少不安になることはあっても、真に受けたりはしないでしょう」

郁が足元のバッグから取り出したのはタブレットだった。液晶を叩きながら、

「弓削が逮捕された時の新聞です」

こちらに翳《かざ》してみせる。

スキャンしたらしき新聞記事。見出しには「生徒にいたずら　塾講師を逮捕」と書かれていた。記事中の「弓削真一容疑者（二十八）」と書かれた箇所だけ黄色くマーカーが引いてあった。

顔写真も載っていた。丸顔で眼鏡の男性が、への字口でこちらを睨み付けていた。

「そして塾のサイトのスクリーンショット」

「本当に油断しっぱなしだ」

はっ、と嘲《あざけ》りの笑い声を漏らす。郁が一度はっきりとうなずいた。

「お、おい司馬戸」

「浦部さん」彼は椅子を引くと、「そして奥さん。お二人とも、ご自分で思っているほど冷静でも理性的でもない。幽霊を怖がる子供と大差ないですよ。いや――子供よりずっと考えが浅い。怖がらないのは想像しないからです。何も考えていないからです」

「司馬戸！」

俺は怒鳴った。

「お、お前まで何を言ってるんだ？」

「何をって、単なる事実ですよ」

彼は中腰になると、

「俺にも事実をお伝えしましょうか。安藤さんについて僕は『婚約者だ』とお二人に紹介しました。怪談ライブをきっかけに出会い、交際するようになったと。でも本当にそうでしょうか？　僕たちに恋愛感情があるか否か、お二人に判断ができますか？　結婚を前提にお付き合いしているかなんて分かりますか？　極端な話、この家のドアの前で初めて会ったのかもしれませんよ？　見知らぬ他人を家に上げたのかもしれませんよ？」

「そんな馬鹿げたこと……」

長い指で液晶をスライドする。

紹介」と書かれたページに、金髪の男性の、バストアップ写真が掲載されていた。

の笑み。名前は「石黒雄介《いしぐろゆうすけ》」だった。

の色と、多少痩せていることを除けば弓削に似ている。そう感じた。

にスライドすると、同じく金髪の男性が大写しになった。「石黒雄介」。またスライド

る。今度の「石黒雄介」は横顔だった。

ページの左上には「学習塾　トキニコ」の見慣れたロゴがあった。

「いかがでしょう？　事実だとご理解いただけましたか？」

事務的な口調で郁が訊いたが、俺も美里も答えられなかった。

彼女が何を伝えようとしているのかは分かる。お前たちの息子が通う塾には危険人物らしき講師が勤めている――そう指摘しているのだ。情報だけなら「助言」「警告」と言っていい。だが俺は少しも「有り難い」とは思わなかった。

どういうつもりだ、この女は。

「ついでに申し上げますと」郁はタブレットをテーブルに置いた。「トキニコに電話で問い合わせてみました。夏期合宿について。事務の方が応対してくださいましたが、とても驚いていましたよ。弊社に、夏期合宿などというカリキュラムはない、と」

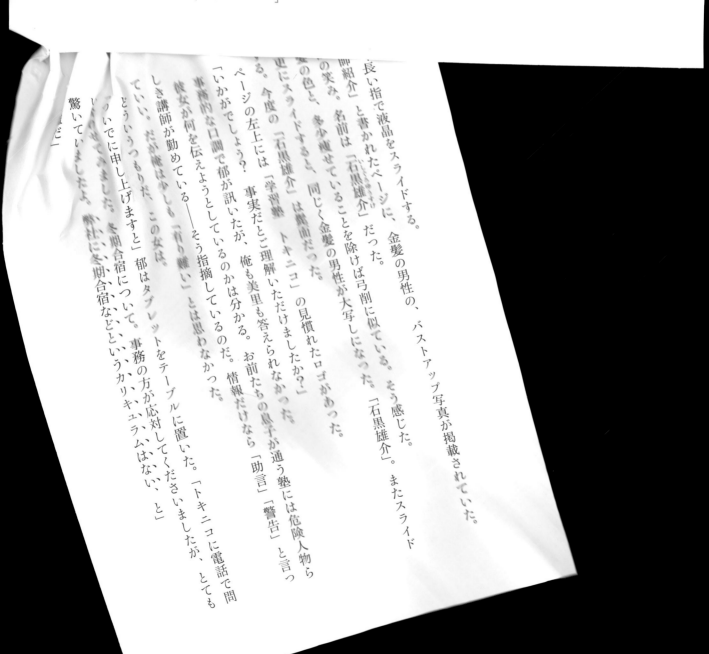

「馬鹿げていると考える根拠は何ですか？　僕とこの女性はまともな人間だ、そうお二人が思い込んでいるだけですよね？　客観的な理由なんてどこにもない。お二人は一面識もない、危険かもしれない女性を家に上げたんです。付き合いの長い後輩ってこと以外は何も把握していない、僕の言い分を信じて」

司馬戸は早口で捲《まく》し立てた。目は真っ赤に充血し、顔は真っ青になっていた。だが心理も感情も読み取ることができない。胸の中には怒りが、頭の中には疑問が膨れ上がっていた。

こいつは何を言っているのだ。

理屈だけなら大間違いではない。俺と司馬戸には会社の先輩と後輩という関係しかない。ましてや郁のことは何も知らない。ただ彼の言い分を鵜《う》呑《の》みにしただけだ。それは事実には違いない。

だがそれ以外は無茶もいいところだ。司馬戸を信じるな、郁を不審者だと思えとでも言うつもりなのか。

呆れた正論だ。何の現実味もない。

そんなことをいちいち気にしてたら、まともな生活すらできないではないか。

俺は二人を見下ろしていた。

美里の視線に気付く。強張った顔で俺を見上げている。怯えている。この状況を何とかして欲しい、そう目が訴えている。

「帰ってくれないか」

俺は二人に言った。

「ちょっと感情の整理がつかない。喧嘩するつもりはないから、とりあえずここから去ってくれ。司馬戸とは週明け会社で……」

部屋がぐらりと揺れた。

そう思った瞬間に足から力が抜けた。

手を伸ばしたが間に合わず、俺はその場に崩れ落ちた。椅子が倒れて床を鳴らす。

視界の隅で美里がテーブルに頭を打ち付けた。ズルズルと床にくずおれる。皿がぶつかる音、グラスが倒れて割れる音。

俺は何とか立ち上がろうとしたが、手にも足にも力が入らなかった。声すら出ない。テーブルの向こうに司馬戸と郁の足が見えた。

「浦部さん」

遠くから司馬戸の声がした。

「疑いもせず飲んだせいですよ。赤の他人から受け取った、何が入っているかも分からないワインを」

声は奇妙な反響を伴って、俺の頭を貫いた。

四

くすくすと笑い声がした。郁が立ち上がると、

「ぎりぎり間に合いましたね」

楽しそうに言う。

「勘弁してくださいよ」

司馬戸が妙にかしこまった口調で返す。

「もし計算が間違ってたら……」

「司馬戸さん」郁が遮った。「奥さんも旦那さんも、まだ意識はあるはずですよ」

うっ、と司馬戸が口を噤《つぐ》んだ。

「これは嘘ではありません。ワインに入れたのは単に身体を動かなくする薬です。雑に言うと麻痺剤。もちろんたくさん飲むと死にますが、そこまでは入っていない。アルコールの影響も計算済みです」

郁はテーブルを回り込む。俺は彼女の顔を見上げた。

彼女は涼しげな笑みを浮かべていた。

「ほら、わたしをちゃんと見ています。聞こえてるみたいですね」

俺は意識して舌を動かし、声を出そうとした。が、口から漏れるのは「か、か」という音だけだった。

郁は髪を掻き上げる。その顔が怪しく歪む。口の端は上がり、目は三日月のように細くなっている。

この表情は「喜び」だ。彼女は俺を見て嬉しがっているのだ。

全身が一気に縮み上がった。心臓が激しく鳴った。

「浦部さん……でしたよね」

彼女は笑みをすぐに引っ込めて、

「どうして？　とお考えですか。なぜこんな目に遭うのかと。自業自得ですよ。さっきわたしや彼が言ったとおり、油断しすぎ、想像しなさすぎです。よく観察すれば気付いたと思いますよ。わたしも司馬戸くんもワインを一滴も飲んでいないと。わたしは何度かグラスに口を付けただけだし、司馬戸くんはずっと缶ビールでした。グラスを手にしたのは乾杯の時だけ」

両膝に手を突き、俺に顔を近付け、

「違和感はいくらでもあったんじゃないですか？　司馬戸くんが婚約してるなんて知らなかったですよね。普段は仲がいいのに何も聞いていないと。隠し事をされていると。まあ、隠したんじゃなくて単なる嘘ですけど」

「な……」

何で、と俺は声を絞り出す。郁は当初と同じ仏頂面で、

「司馬戸さんに訊いてください。わたしは手はずを整えただけです。そしてお二人を少しばかり怖がらせただけ」

そう言うと俺から目を逸らした。

歩き去る彼女と入れ違いに、司馬戸が俺の傍らにやって来た。跪《ひざまず》いて顔を覗き込む。

「お、お前」

「浦部さん。兄のことを覚えていますか」

彼はまっすぐ俺を見下ろした。言葉の意味が分からない。

「……ですよね。そんなものです。いじめで学校に来なくなった中学の同級生のことなんか覚えていない。自分が無関係だと信じ込んでいる人間は特に」

司馬戸は長い溜息を吐くと、

「兄は恨んでいましたよ。浦部さんだけは友達だと思っていたのにって。自分の部屋で、布団に包《くる》まって毎日そう呻いていました。十六で首を吊って死ぬまでずっと。両親はそれが原因で離婚し、僕は母親に引き取られて姓が変わりました。吉野から司馬戸に」

嘘だ、と言おうとしたが無理だった。舌が動かない。息をするのがやっとだった。有り得ない、そんなはずはないと頭の中が凄《すさ》まじい速度で動く。

「ここまでで構いませんね？　以降のことは何も依頼されていませんし」

郁の声がした。

「ええ」と、司馬戸が顔を上げて答える。すぐに「あれ？」と立ち上がる。彼はしばらく室内を歩き回った。廊下に出て玄関ドアを開け、すぐ閉めて戻ってくる。

「おかしいな、この一瞬で……」

何が起こったか分からないまま、俺は彼の声と足音のする方に必死で意識を向けた。足音はキッチンに向かい、パコパコと棚を開け閉めする音が続く。

「まあ、いいか」

司馬戸が言った。

「あんなに真面目で優しかった兄を、浦部さんは裏切ったんです。死に追いやったんです。簡単に許せるはずがない」

再び俺の側にやって来て、顔を近付ける。

手にはいつの間にか包丁が握られていた。

「ずっと待ってたんですよ。こういう機会を。そのために計画しました。準備もしました。まあ、入社してからは簡単でしたけどね」

裂けそうなほど目を見開いている。

「あの人の言うとおりだ。人間が怖いなんていう人だって、現実で人間を警戒しているわけじゃない。むしろ気を抜いている。ねえ浦部さん」

包丁の切っ先を俺に向ける。

「やめ、ろ……」

俺はもがいた。頭ではそのつもりだったが身体はほとんど動かなかった。服の下が全身冷や汗で濡れている。目も汗で染みる。

きりきりと心臓が痛んだ。信じられないほど速く激しく脈動している。身体を伝って鼓膜を震わせている。郁のいう「麻痺剤」のせいか。いや、それだけではない。

恐怖だ。

俺は恐れ戦《おのの》いているのだ。

殺されそうになって。思い出せない過去の過ちの報いを受けて。

「何を今更怖がってるんですか？」

司馬戸がそ知らぬ顔で尋ねた。

「こういうことは起こり得る。そう日頃からお考えじゃなかったんですか？　幽霊を見たり、写真に写ったりするよりずっとリアルでは？」

包丁を逆手に構える。

ううう、と美里が呻いた。司馬戸は彼女に視線を注ぐと、

「……奥さんはどうしましょうか」

間延びした声で言った。
止めろ、と俺は叫んだ、つもりだった。
いよいよ声が出なくなっている。
身体はまったく動かなくなっている。汗だけがだくだくと滲み出ている。
逃げ出したい。怒鳴りたい。泣いて喚《わめ》いて命乞いをしたい。
せめて妻は、美里だけは。
目から涙が溢れて視界が曇っていた。司馬戸は俺に向き直ると、
「決めました。殺します。浦部さんもろとも」
そう言うなり、勢いよく包丁を振り上げた。

第二話

救済と恐怖と

わたしが生まれたのは二〇〇七年、千葉県のそれなりに開けた町でした。総武線の駅の前は夕方になると人が増え、賑やかになる。夜になるとデパートや色々なお店の灯りで、駅前全体がきらびやかに照らされる。活気に満ち、楽しくなる。

もちろん今は理解しています。あの町の、あの駅の周辺は、あまり治安がよくなかったのだと。

あの色黒で黒ずくめの、かっこいい男性たちはキャバクラか何かの呼び込みだったのでしょう。セーラー服を着た綺麗な女性たちはガールズバーのキャストだったのでしょう。あの派手な看板には「無料案内所」と書いてあったのでしょう。たむろっていた金髪のお兄さんたちはヤンキーで、彼らが大人しそうな会社員を囲み、路地へと連れていったのは所謂《いわゆる》オヤジ狩りをするためだったのでしょう。

不思議なものです。

事実を知っても、あの町のことを嫌いにはなれません。目を閉じれば瞼《まぶた》の裏に、いつかの冬の景色がまざまざと浮かびます。珍しく大雪になったある年の一月のことでした。降り積もる雪、そこに輝くネオンの灯り、バスとタクシーのライト。行き交う人々も高揚していたのか、皆楽しそうに見えました。二歳だったか、三歳だったか。自分の年齢は思い出せないのに景色だけは鮮明なのは、母が笑っていたからかもしれません。当時まだ二十代前半だったのに皺《しわ》と隈《くま》が目立つ、疲れ果てた母。でもその時の母は美しく見えました。

わたしは駅前からほど近い古いアパートに、母の樹理亜《じゅりあ》と二人で暮らしていました。

父は初めからいませんでした。母が妊娠を告げてすぐ、父は行方をくらましたのです。父はホスト、母は当時風俗嬢でした。父に逃げられて少し経った頃、母は夜の世界から抜け、工場で働くようになりました。わたしが物心ついた時もその工場で働いていました。

母がどんな生き方をしてきたか、詳《つまび》らかにするのは止めておきましょう。愛もお金もない家庭に育ち、中学二年で援助交際を始め、高校にも行かず夜の町で、身体を売って生きてきたそうです。怖い思いをしたことは星の数ほどあったといいます。命の危険に晒されたことも一度や二度ではなかったのでしょう。彼女の左腕には根性焼きの類とは明らかに違う、酷《ひど》い火傷《やけど》の跡が残っていました。

わたしたちの生活は、とても慎ましいものでした。いえ――はっきり「劣悪だった」と言った方がいい。六畳一間のアパートは夏は暑く冬は寒く、快適からはほど遠かった。当時まともなものを食べた記憶はなく、いつもスーパーで買った売れ残りの菓子パンと惣菜だけでした。

工場勤めの給料は安く、勤務時間は長く、福利厚生も貧しいものでしたが、母は決して夜の仕事に戻ろうとはしませんでした。もちろん、工場勤めを続けても生活が上向きになることはありません。加えて母はお金の使い方、生活の仕方を誰からも教わっていませんでした。人から聞いても飲み込む方法が分かりませんでした。まともに字を読めたかも怪しいものです。

わたしの母を愚かだ、馬鹿だと、皆さん心の中で蔑《さげす》んでいるのですか？

母を嗤《わら》える人間など、この世に一人もいません。

人間が本来持っている知性や思考能力などたかが知れています。ロールモデル次第で賢者にも愚者にもなる、それが人間というものです。母が愚かなのは、祖父母がまともに育てなかったからです。教師や周囲の大人がそんな母に手を差し伸べなかったからです。

母が愚昧《ぐまい》だったのは母個人のせいではなく、皆さんが賢明なのは皆さんの手柄ではない。そこを勘違いしないで。驕《おご》らないで欲しい。

……感情的になってしまって、すみません。

いくら背が伸びても、まだまだ幼稚です。所詮は中学二年生の子供です。それがとても恥ずかしい。こうして人前で話すのも苦手で、本当はすぐに逃げ出したい。

温かいお言葉、ありがとうございます。本当に嬉しいです。気を取り直して、続きをお話しします。

驚くべきことに母はつわりも陣痛も知りませんでした。母の妊娠に気付き、その後も親身になって仕組みを教えてくれたのは、同じ風俗店に在籍していた先輩格の女性。家や勤め先の面倒を見てくれたのは壮年の店長でした。二人の支えがあったからこそ、わたしはこの世に生まれ落ちることができた。嬰児、乳児の頃を生き抜くことができた。そう思っています。

ですが、どんなに優しい人でも、ずっと助けてくれるわけではありません。いつ何時でも傍で支えてくれるわけでもない。彼らにだって生活があり、人生がある。だから自分自身で這い上がらなければならない。

母もそのことは充分理解していましたが、愚直に朝から晩まで働き、泥のように眠る以外のことはできませんでした。先輩の女性も、店長の男性も、いつしかわたしたちのもとから離れて行きました。

「お母さん馬鹿でごめんね」

母はたまにお酒を飲むと、そう繰り返して涙に暮れました。わたしは意味も分からず一緒に泣きました。

パートナーの男性を見付ける、ということも母はしませんでした。わたしのことが心配だからという理由です。女性の身体の仕組みも知らず、育児書もまともに読んだことがない。先輩や店長に教わることで、どうにかわたしを育てた母ですが、それでも「娘が男性から暴力を振るわれるかもしれない」と推測することはできたのです。母がどんな環境で育ったか、これだけで窺《うかが》い知れるというものです。そして母がわたしを愛し、全力で守ろうとしていたことも分かります。

ですが母はやはり物を知らなすぎました。

わたしが小学一年の時です。入学早々、服がいつも一緒だ、臭い、汚いといじめられていたわたしを助けようと、母は無い知恵をしぼり、人生を憂えました。仕事の合間に、家事の最中に。そして買い物の途中に。

食料品や消耗品は近所のスーパーやコンビニで買っていましたが、それ以外、例えば家具や衣類やわたしの玩具を、母がどこで買っていたか、お分かりでしょうか。

そう、オークションサイトです。

お金も時間も、知性も計画性もないけれど、デバイスとネットワークだけは確保している――母のような人間は、オークションサイトで割安の中古品を買うのです。それと同時に使わないもの、使わなくなったものは二束三文でも叩き売り、現金に換えようとするのです。

その日も母はオークションサイトで寝具とわたしの服を探していました。そこで自作のアクセサリーを出品している「マナ・リガヤ」というアカウントを見付けます。自社のオンラインショップを運営する手間を省くためオークションサイトを利用する小売業者は、当時すでに一定数いました。

マナ・リガヤのアクセサリーは、主に石を数珠《じゅず》繋《つな》ぎにしたブレスレットとネックレスでした。

【癒やし　パワスポ霊山K岳で採取したパワーストーン「オメガマリン」100%37個】【運気上昇　マナの高位オーラ封入】【LOVE&BABY　天使が授かるエンジェル・ジュエル　新色レモンイエロー】……………

アクセサリーの画像にはこうした惹句《じゃっく》が添えられていました。ちゃんと確認したわけではありませんが、大方こんなところでしょう。

母が購入したのは最も安価なブレスレットでした。五日後の夜に届いたそれは、安っぽいピンクの石ころを繋いだだけの代物でした。六歳のわたしにもみすぼらしく見えました。母も少し落胆していたようですが、縋《すが》りたかったのでしょう。いえ、縋るしかなかったのでしょう。寝る前から手首に嵌《は》め、翌朝そのまま会社に行きました。そして道すがら、電信柱の陰に宝くじが落ちているのを見付けました。

いつもとは違う道でした。その日は何となく、ルートを変えてみる気になったといいます。

休憩時間にネットで確かめると、十万円の当たりくじでした。

翌週だったか、一万円札十枚を手にして帰宅した母は、わたしにこう言いました。

「パワーストーンが導いてくれたんだよ」

わたしは無邪気にもそれを真に受けてしまいました。母と一緒になって喜び、ピンクのブレスレットに感謝しました。安っぽく見えていた石はきらきらと神秘的な光を放ち、重厚ささえ感じさせました。

石が授けてくれたお金で買ったのは、何着もの真新しい服でした。それを着て学校に行くと、いじめは徐々に沈静化していきました。

本当に嬉しかった。母はもっと嬉しかったのでしょう。

母がマナ・リガヤのアクセサリーを買い漁るようになるまで、そう時間は掛かりませんでした。翌年には隣町のマンションの一室で開かれる「サロン」に通うようになりました。そこで代表である女性、櫛灘《くしなだ》セイラと親密になります。

マナ・リガヤに、櫛灘セイラに落とすお金は、ますます増えて行きました。

※　※

その日最後のカモは山下《やました》樹理亜という若い女だった。昨年、オークションサイト「ユピテリ」内に開設しているオンラインショップでアクセサリーを購入し、あっさり嵌まってマナ・リガヤの、というより櫛灘セイラの〝信者〟になったシングルマザー。つまり我々の典型的なターゲット層。

やはりこの戦略は間違っていないのだ。

溝口剛《みぞぐちつよし》はワーキングチェアに身体を預けた。目の前にある四台のディスプレイのうち、右の二台は画面が四分割されている。そこに映し出されているのは隠しカメラ八台が撮影している、この「サロン」の映像だ。

カモである女性たちが来訪している間、溝口は一番奥の事務室——四畳半の個室から、決して出ないことにしていた。サロンは彼女らにとって神聖な場でなければならない。つまり世間から切り離されている必要がある。それを演出するためにはただインテリアをオーガニック調にし、明るめのアンビエントミュージックを流し、アロマを焚いて呼吸法を教えるだけでは不充分だ。彼女らを苦しめ、そうでなくても悩ませるありふれた存在、「男性」をシャットアウトする必要がある。ターゲットを的確に取り込むには、こうしたことが肝心なのだ。

樹理亜は玄関でスタッフの女性に挨拶していた。廊下を歩き、リビング——サロンのメインルームに現れる。イヤホンからは樹理亜とスタッフの会話が聞こえていた。

「今日は新作のホワイトリガヤストーンを着けてきました」

「ええ、そのチョイスで正解ですよ。ほら、オーラも涼やかで、隣に立っているだけで〝あ、上向きなんだな〟って分かります」

「ですよね、最近すごい鼻が通るようになって。今まで詰まりがちだったんですけど……」

中国から大量に買い付けた玩具同然のブレスレットに、樹理亜が言うような効果は一切ない。だが当人がそう信じているなら、幸福を感じているならそれでいい。まさにウィンウィンの関係だ。マナ・リガヤは儲かり、カモは救われる。今までの仕事よりずっと意義がある。例えば振り込め詐欺より。

「振り込め詐欺、ねえ」

溝口は小声で独《かた》りごちた。

電話で親族を騙り、老人から金を巻き上げる詐欺を指す言葉だ。溝口も電話で相手の息子や孫を演じ、多額の金を振り込ませたことは何度もあった。成功率も稼いだ額も、仲間内では高い方だったと記憶している。

だが今の時代、本当に「振り込め」と依頼するケースは皆無に近い。端金《はしたがね》で雇った若者に、直接金を取りに行かせるのが最近は主流になっている。

振り込めと言われていないから、直接手渡すから「振り込め詐欺」ではない、だから自分は騙されていない――そう解釈して騙される老人は思いの外《ほか》多いらしい。今も繋がりのある当時の〝同僚〟から溝口はそう聞いていたが、似たようなことは彼が現役の頃もあった。

「オレオレ詐欺」という名前が広まった時には女に電話させた。慰謝料や示談金の立て替えを依頼されるケースが周知されると、すぐ「国税局からの還付金」という新たな嘘に乗り換えた。ATMに注意喚起のパネルが貼られるようになった頃は、コンビニのマルチメディア端末でプリペイドカードを買わせ、郵送させるようにした。今最も新しいタイプの詐欺は「訴訟を起こされたくなかったらここに示談金を振り込め」という内容の文言を、葉書で送り付けるというものらしい。もちろん「電話での詐欺」が広く知られるようになったからだ。

この手の商売はこうしたことの繰り返しだ。要するにイタチごっこだ。進化はしていない。ただ手を替え品を替えるだけ。だが、その手間さえ惜しまなければ稼げるのだ。

マナ・リガヤの商売も同じことだ。ガラクタにスピリチュアルな価値があると謳《うた》い、信じる馬鹿に高い値段で売り付ける。有名なカルト集団が九十年代に行ったことで話題になった「霊感商法」を、今の世の中にフィットするようアレンジしたもの。それがマナ・リガヤの商売だ。

街頭で勧誘などしない。簡単なアルバイトでも月収三十万円以上稼げていた時代、つまり石を投げれば裕福な人間に当たる時代なら成立するだろうが、不景気で誰もが汲々《きゅうきゅう》としている今は使えない手だ。

それ以前に金持ちを相手にしない。あの頃とは逆に石を投げれば貧乏人に当たる時代、貧乏人をターゲットにするのは当然のことだ。しかも貧乏人はこの手の商売に警戒心がない。自分たちは金がない、だからカモにされるはずがない——そう信じて疑わないのだ。金がないなら借りさせればいい。

もちろん一人から搾り取れる額はたかが知れているが、ならば大勢を相手にすればいいだけのことだ。貧乏人が大勢集まるのはオークションサイトだ。だから「ユピテリ」でアクセサリーを売るのは論理的帰結だ。

だが、そこで売るのは先祖の悪行によって蓄積されたカルマを浄化する、バカ高い壺などでは決してない。

今のカモたちが求めているのは安価な開運グッズだ。ただ身に着けるだけで救われるアクセサリーだ。ただ、その根底にあるカモたちの思考は昔も今も変わらない。

この壺さえ買えばカルマから解き放たれるだろう。

このブレスレットを着けてさえいれば運気が上昇するだろう。

端的に言えば安直だ。怠惰だ。実に虫がいい。

人間はちっとも進歩しない。いつの時代も同じ所に隙がある。だが、カモにする方法まで同じままでは駄目なのだ。この業界には未だに下世話な雑誌の広告ページで、高価な財布や石ころを宣伝する連中もいる。あんな雑誌を読む人間など今や絶滅危惧種なのに。干上がりかけて水たまりも同然の池に、釣り糸を垂れて待ち構えるようなものだ。全くもって愚かだ。

古い同業者を心の中でひとしきり嘲笑《あざわら》ってから、溝口はモニタを注視した。樹理亜がリビングの一角に跪《ひざまず》き、頭を垂れている。すぐ前には胡座《あぐら》をかき、生成りのローブを纏《まと》った長い髪の中年女性。マナ・リガヤの代表・櫛灘セイラだ。年齢は五十だったか。

セイラは五年前にスピリチュアルのイベントで知り合った、自称ヒーラーだった。アクセサリーの制作こそしていないものの、オーラの注入は実際に行っている。もっとも、溝口にはただ彼女がブレスレットに手を翳《かざ》し、何度か深呼吸をしているだけにしか見えないが。

「娘さん――藍凛《あいりん》ちゃんは元気みたいね」

セイラが樹理亜に語りかけた。

「えっ、分かるんですか」

「もちろん。樹理亜さんの頭の上に、金色の光が見えるの。藍凛ちゃんのオーラがあなたのオーラと混ざり合って、その反応で金色になるのね。この色は上手くいってる証拠。あら、藍凛ちゃん遂にお友達ができたのかな。女の子が三人」

「ええっ」

「名前は……ユミちゃん、マミカちゃん、アリサちゃん」

「そ、そんなことまで」

「分かりますとも」

セイラが微笑を浮かべながらうなずくと、樹理亜は口を覆った。顔は見えないが泣いているのだろう。イヤホンから啜《すす》り泣きが聞こえ始めた。

茶番だった。

メールで、ショートメッセージで、そしてこのサロンで、樹理亜は近況を洗いざらい打ち明けている。垂れ流している、と言っていい。それほど膨大な情報を、彼女は率先してこちらに伝えてくれるのだ。おそらく何を書いたか正確には覚えていないのだろう。それどころか大半は忘れているのだろう。セイラはそれを察知し、さも今感知したかのように振舞っているだけだ。

もっとも、セイラはこの詐欺的行為を全く自覚していない。自分はヒーラーだ、特殊な能力がある、人を救うべき存在だ――そんな強烈な思い込みが記憶を改竄《かいざん》し、認知を歪めているのだ。何より彼女はカモたちの幸せを心の底から願っている。マナ・リガヤのガラクタを買う客、このサロンを訪れる客を、本気で救済しようとしている。今この瞬間は山下樹理亜を。つまり彼女は「本物」なのだ。

代表者に「本物」を登用するべきか否かは迷ったが、溝口はセイラに賭けることにした。もちろんそこには打算もあった。要は何かあった時のスケープゴートだ。詐欺をセイラ一人に擦《なす》り付けるためだ。この女の言うことに従っただけだ、自分も騙されていた被害者だ、といった風に。

モニタの中でセイラと樹理亜が向かい合い、目を閉じて深呼吸していた。オーラで会話しているのか、波動で繋がっているのか、それとも何億光年の彼方から届く神秘的なエネルギーの粒子を浴びているのか。溝口には分からなかったし、分かりたいとも思わなかった。

樹理亜は帰りがけに「リガヤの水」五〇〇ミリリットル入りペットボトルを二本購入した。中身はセイラのオーラで分子構造を変えた――とセイラは言い張っている――神聖な水、溝口にとってはただの水道水だ。一本三千円。樹理亜がこの日支払った額は、受講料と合わせて二万円だった。

彼女が帰って数分後、溝口は事務室を出た。スタッフから本日の売り上げを受け取り、セイラに声を掛ける。

「本日もお疲れ様でした。どうですか、今の方――山下さんは」

「あの子は見込みがあります」

セイラは疲れた様子で言った。

両手首を覆う幾つものブレスレットに視線を落としながら、

「高いレベルの波動を感じますし、何より熱心です。他の方より何倍も。今よりペースを上げれば五年、いえ三年で全てを伝授できるでしょう」

「セイラさんと同じ真のヒーラーになれる、と？」

「努力次第です。資質だけでは〝大覚《だいかく》〟には至りません」

彼女は不快そうに胸を撫でている。風邪だろうか。いずれにしても代表、いや教祖様がお身体をお悪くされては一大事だ。

セイラは立ち上がると、ブレスレットを鳴らしながらキッチンへ向かった。冷蔵庫からエナジードリンクの缶を取り出し、勢いよく飲む。熱心な顧客——信者にはこの手の飲料を固く禁じているはずだが、自分は構わないらしい。

「お身体は大丈夫ですか」

「ええ。でも今日は気の巡りが良くないですね」

「お召しのローブが薄くて寒いのでは」

「これがいいの。麻の気が魂を浄化してくれますからね。あなたもそんな機械油臭いスーツなど脱げばいいのに」

「家では脱いでいますよ。それにブレスレットは着けていますし」

自分の左手首を示してみせた。くすんだ白のブレスレットと、薄緑色のブレスレットが並んでいる。前者は破邪《はじゃ》で、後者は魂の浄化だったたか。

セイラは何度か空咳《からせき》をしてから、

「樹理亜さんに連絡しておいてください。あなたにその気があるなら、いつでもヒーラーになる手解《てほど》きをします、と」

と言った。

樹理亜から搾り取るのだ。標的に定めたのだ。

時折、この女は自分より悪質で無慈悲な詐欺師ではないかと思うことがある。何しろ本人は心底から善行を施しているつもりなのだ。救いを与え、広めている気でいるのだ。溝口には彼女の言動がしばしば恐ろしく感じられた。しかし。

「承知しました」

商売としてはむしろ好都合だ。

スタッフを帰し、車でセイラを家まで送る。道中、後部座席で喉を摩《さす》っては首を捻《ひね》る彼女を見かね、腕だけ伸ばして風邪薬を差し出す。

「代表が倒れては大勢の人が悲しみます」

「工業的に製造された薬品など、毒物と同じです」

「リガヤの水で飲めばいいのでは」

ふむ、とセイラは顎《あご》を摘まんだ。

「それもそうですね。溝口さん、ご立派です。修行の成果ですよ」

「ありがとうございます」

溝口は適当に言っただけだが、彼女の中で理屈が通ったらしい。

郊外の古びたマンションの前で彼女を降ろす。セイラには物欲がほとんどなく、生活は質素そのものだ。家は親の遺産だが、相続する以前は月数万円の木造アパートに住んでいたという。金勘定にも呆れるほど無頓着だ。これらも溝口にとって好都合だった。

溝口は帰宅した。彼と家族が住む家は都心の高級マンションだった。

「おかえり！」

玄関ドアを開けるとパジャマ姿の娘・玲央菜《れおな》が、廊下を一直線に走り寄ってきた。中腰で抱き止めると、勢いで尻餅をついてしまう。きゃあ、と可愛らしい悲鳴を上げて、腕の中の玲央菜がはしゃぐ。未熟児で生まれた時はどうなることかと思ったが、今は健康だ。先月四歳を迎えてますます元気に、活発になっている。

洗面室からドライヤーを手にした妻が顔を出した。

「こら玲央菜、もう遅いからドンドンするな」

「今のドンドンは俺だわ」

「おいパパ、靴の上に座るなって」

「くつのうえにすわるなって」

妻の口調を娘がすぐさま真似する。溝口は娘を立たせて起き上がると、ポケットからブレスレットを引っ張り出した。帰宅途中に倉庫に寄り、持ち出した新商品だった。血のように赤い、不揃いな石が連なっている。

「はい玲央菜、おみやげ」

「きれい！」

玲央菜は受け取るとすぐさま手首に嵌めた。大きすぎて滑るので二重にしてやる。娘は大喜びで廊下を引き返し、母親に翳してみせる。

「へえ、きれーじゃん」

「わーい」

「これで何個目？」

「ええとね、ろっこめ！」

「また買ってくれたの？　パパ」

「ああ」

妻には仕事についてほとんど説明していない。堅気の仕事でないことは承知しているはずだが、それ以上を知る気はないらしい。

「前から気になってたんだけどさ。これひょっとしてアレ？　パワーストーン的な？」

「ただのオモチャだ」

溝口は答えた。

「子供が着ける分にはちょうどいい代物さ」

「しろものさ！」

玲央菜が楽しそうに、ブレスレットをした手を振り回した。

※　※

運気を上げるためにブレスレットを購入し、身に着ける。悪運を招く悪い気をデトックスするためにサロンに通い、リガヤの水を買って飲む。

母がそこでやめていればよかったのかもしれません。でも彼女はそれ以上を求めてしまいました。前半生の〝負債〟を完済しよう――そんな気持ちになっていたのだと思います。そしてもう一つ。

他人に期待されたのが本当に嬉しかったのでしょう。若さや肉体ではなく、欲望の捌《は》け口としてではなく、〝内面〟を必要とされたことが。だから応えたかったのでしょう。崇拝の対象である櫛灘セイラと同じ、スピリチュアルな力を手に入れられる。つまり後継者になれる。セイラ自身にそう求められている。

何も持っていない、何者でもない母、いえ――そう思い込んでいる母にとって、何者かになれるチャンスは絶対に手放したくないものでした。それに比べれば運気の上昇など瑣《さ》末《まつ》なことだったのです。わたしのことも。

母は足繁《あししげ》くセイラのもとに通うようになりました。受講料はいつの間にか一回五万円に増えていましたが、きっと「あなただけに伝える」とでも言われたのでしょう。素直に支払っていました。

そして母は再び夜の仕事を始めました。フリーで客を取るようにもなりました。スマートフォンとSNSアプリ、この二つがあれば簡単なことです。

それでも工面できずに消費者金融から借り、あっという間に多重債務者になり、所謂《いわゆる》ヤミ金融にも手を出し――

冬のある日のことです。

「あと三回サロンに行けば、セイラ様みたいになれるの」

学校から帰ると母にそう告げられました。顔は青ざめ頬《ほお》は痩《こ》け、目が爛々《らんらん》と光っていました。

「ヒーラーになれるの。ほら、藍凜にも見えるでしょ、この綺麗で、穏やかで、神様みたいな」

オーラのことを言っているのだと分かりましたが、わたしには見えませんでした。見えるはずもありませんでした。悪質なスピリチュアル詐欺を行う連中の戯言《ざれごと》など、とっくに真に受けなくなっていました。

「ねえ」

母はわたしの手を摑むと、こう言いました。

「知り合いのおじさんに会って欲しいの。会って一緒にいるだけ」

わたしは小学四年生でした。数少ない友達から色々教わったおかげでしょう。母が何を言っているのか察しました。「お願い。一回だけでいいから。そのおじさん、ほんとに最初だけしか興味なくて」

もうお分かりですね。

母は娘の処女を売ろうとしていたのです。そこまで考えるようになっていたのです。わたしは母の手を振り払いました。今すぐマナ・リガヤから離れろ、無理ならせめてブレスレットを買うだけにしろと訴えました。幼い思考と乏しい語彙でその理由も説明しながら。

母は途中から震えていました。沢山のブレスレットをジャラジャラと鳴らして怯えていました。途中で奇声を上げ、わたしに摑みかかりました。もみ合っているうちに指が引っ掛かり、ブレスレットが幾つも弾け飛びました。

床に散らばった石ころを、母は這いつくばって拾い始めました。呼吸は荒く、泣いている風にも見えました。部屋の隅で縮こまっている、わたしの存在など忘れてしまったかのようでした。

今では理解できます。

容易《たやす》く手に入れた好運は、癒やしは、救いは、同じくらい容易く消え失せるかもしれない。母はそんな強迫観念を抱くようになっていたのです。無意識では己の浅はかさを認識し、それ故の不安に苛《さいな》まれていた。ブレスレットが壊れたせいでその不安が一気に弾け、恐怖へと変わったのです。

必死で石ころを拾い集める母から目を逸らし、わたしはアパートを飛び出しました。母がわたしにさせようとしていたことを想像してしまい、何度も酷い吐き気に襲われましたが、それでも立ち止まる気にはなりませんでした。

逃げたかった。でも小学生の行動範囲などたかが知れています。足が向かったのは校区の外れの公園でした。子供用の遊具だけでなく、お年寄りが軽い運動をするための道具もいくつか並んでいる、そんな公園。

寒かったせいもあってか、誰もいませんでした。ベンチも遊具も空いていましたが、隅の花壇に腰掛けました。木々に隠れて入り口から見えない位置だったからです。

上着を着ておらず寒くて寒くて仕方ありませんでしたが、もうそれ以上は動けなくなっていました。がたがたと震えながら周囲の様子を窺っている最中、わたしはふと思い出しました。

友達から回ってきた噂話です。都市伝説、と言った方がいいかもしれません。呼べば現れ、気に入らない相手を殺してくれる「うえすぎえいこさん」の都市伝説。

殺したい相手の名前を書いた紙を、この公園の隅の、まさにこの花壇に四つ折りにして埋める。そして四度、こう唱える。

「うえすぎえいこさん、うえすぎえいこさん。うえてすぎたることとわなりしこ、うえすぎえいこさん。そのことのはのやいば、ぬくときはいまぞ」

意味は分かりませんが印象に残っていました。今でもこうしてそらで言えるくらい、記憶に深々と刻み込まれています。

唱えると彼女が現れ、殺したい相手を直接問いかけてくる。そこでつっかえずに答えれば、彼女は相手を殺しにいってくれる。だがもしつっかえたら、彼女は口から長い刀を抜き、あなたを滅多切りにする——

馬鹿げた話ですが、わたしは伝え聞いたとおりにしてみました。現状に抗《あらが》いたくても、状況を打破したくても、思い付いた方法がそれだけだったのです。わたしは幼く、無力でした。その事実を改めて思い知らされ、惨めで涙が出ましたが、文字を書く手を止められませんでした。以前に誰かが試したことがあったのでしょう。茂みにボロボロのルーズリーフの束と、赤いボールペンが落ちていました。

〈マナ・リガヤ〉〈くしなだせいら〉。念には念を入れて〈うえすぎえいこ様へ〉と〈山下あいりんより〉と記しました。呪文らしき言葉もきちんと四回、手を合わせて唱えました。何も起こりませんでした。それらしき人は現れず、周囲の空気が変わったりもしません。当たり前のことですが、幼いわたしは落胆しました。再び花壇に腰掛け、何も考えないようにして縮こまっていました。

その時でした。

「寒くないの？」

女の人の声がしました。わたしはびっくりして、その場で飛び上がりました。

黒髪ショートボブで、黒いコートの女性が立っていました。細身で長身で中性的な顔立ちで、声を聞いていなければ性別が分からなかったかもしれません。肌は雪のように白く、目は黒々としていました。

「寒くないの、あいりんちゃん？」

名前を呼ばれて心臓が鳴りました。恐ろしくなりました。ひょっとして母の、或いはわたしを買う相手の手の者か。そう思うと息が詰まりました。

「名前を呼ばれたこと、気になるの？　不思議？」

彼女の問いかけに、わたしは小さくうなずきました。寒さで唇が硬直していて、話すことができませんでした。

「だってそこに書いてあるでしょ」

女性が指差したのはわたしの膝でした。視線を落としてわたしは思わず「あっ」と声を漏らしました。

埋めたはずのルーズリーフが、膝の上に開いて置いてあったのです。

「それ、今は署名が要るの？　そういう約束事になってるのかな。ふうん」

「う……」

「あっ、ごめんね。寒かったね」

彼女はコートを脱いで、わたしの肩に掛けてくれました。近くにある自販機までスタスタ歩いて行って、紅茶のペットボトルを手に戻って来ました。オレンジ色のキャップの、温かい紅茶でした。

「噂を聞いて、やってみたの。署名は勝手に書いた」

貰った紅茶で身体を温め、わたしは訊かれるままに答えました。隣に座った彼女は「まだ伝わってるんだなあ」と、どこか感心した風に言いました。

「昔も、あったの？」

「うん。この辺だけじゃなくて、いろんなとこにね。呪文とか細かいところは違うけど、名前は一緒」

「うえすぎえいこさん」

「全国のウエスギエイコさんは迷惑してるかもね。必殺仕置人みたいな人殺しのオバケと一緒の名前なんて嫌でしょ」

「ひっさつ……？」

「知ってるわけないか」

くすくす笑うと、彼女はルーズリーフを覗き込みました。高い鼻に涼やかで大きな目、長い睫《まつげ》がすぐ近くに迫り、わたしはつい見入っていました。見蕩《みと》れていました。家であったことも束《つか》の間忘れるくらいに。憎しみと悲しみを込めた手紙を、読まれていることにも気付かないくらいに。

「これ、人の名前？」

彼女が「マナ・リガヤ」の文字を指した瞬間、わたしは猛烈に恥ずかしくなりました。咄嗟《とっさ》に手で隠し、その場で丸くなりました。

「恥ずかしがることないよ」

女性は優しく言いましたが、わたしは頭を振りました。それでも彼女は訊いてきました。いたずらっぽく、子供のように無邪気に。

「ねえ、名前？」

「知らない」

「教えてよ」

「教えない」

「うえすぎえいこさんには教えるのに？」

「いや」

「どうして。いいじゃん」

「いやだ！」

わたしは叫びました。幾つもの感情が一気に溢れ出し、涙が零《こぼ》れました。

目を閉じていると、彼女の声がしました。顔を近付けているのが気配で分かりました。

「ごめんね、あいりんちゃん」

わたしの頭にそっと手を置くと、

「子供だって嫌なこと悲しいこと、普通にあるよね。ううん、子供の方が辛いよね。こうやっておまじないに頼るしかないから」

優しく撫で摩ってくれました。骨の感触もするのに柔らかく、温かい手。わたしは気付けば顔を上げ、間近にある彼女の瞳を見つめていました。

「これは名前？」

「ううん。そういう会社」

「会社？」

「たぶん。アクセサリーを売って、ヒーラーになれるとか言って、お金を取っていくの」

「こっちの人は？」

「その会社の偉い人」

「ふうん」

彼女はしばらく遠くを見ていましたが、やがて正面からわたしを見据えました。そしてこう言いました。

「殺して欲しいの？」

真顔でした。

迷いましたが、わたしははっきりとうなずきました。どこか現実離れした、夢でも見ているような気持ちになっていました。

「……あと、お母さんが元通りになって欲しい」

そんなことを口にしていました。

「元通りに？」

「借金をしないで、怖がらない。あと痩せてきたから元気になって欲しい。仕事も普通のがいい。大変そうだから」

「そっちは難しいな。まず全部いっぺんは無理だし、一コ一コやるにしても時間かかるし」

彼女は眉根を寄せて言います。わたしは反論していました。

「でも、そっちの方が大事。こいつらは正直どうでもいい」

「だろうねえ」

「でも死んだら元通りになるかもって。こいつら嫌いなのもあるけど、お母さんが元気になるなら死んで欲しくて、だから」

言葉が上手く出てきませんでした。これほど強い思いで行動したのに、正確に言葉に置き換えられない。俯《うつむ》いていると、順序だてて説明できない。そのもどかしさに、またしても涙が出てきました。

「子供はそんなもんだよ。大人になってもあんまり変わらない。みんな考えて喋ってないし、考えても上手く喋れない」

「……そうなの？」

「そう」

「大人も？」

「うん。だからうえすぎえいこさんがいるの」

「え？」

答えはありませんでした。顔を上げると、女性はいなくなっていました。辺りは真っ暗で、歩き回って目を凝らしても見つかりません。羽織っていたコートさえ、いつの間にか消えていました。

握りしめたペットボトルはすっかり冷えていました。

※　※

アクセサリーの〝お得意様〟は増えもせず減りもしない。他のオークションサイトに出品する頃合いかもしれないが慎重に進めたいところだ。ネットで手広く商売するのも考え物で、執拗なクレーマー、細部まで拘《こだわ》る精神世界マニア、興味本位で実態を暴こうとする暇人といった、厄介な連中の目に留まる可能性が跳ね上がる。

長く続けるにはサロンの顧客を増やすのが賢明だろう。最近はわざわざ東北や九州から、セイラのヒーリングを受けに足を運ぶ〝信者〟もできた。みんな女だ。どいつも決して裕福ではないが、みんな借金してセイラの気を感じに来るのだ。いや、オーラを浴びに来るのだったか、一緒に大宇宙と繋がるためだったたか。

セイラも張り切って日に何十本も水道水の分子構造を変え、何人もの〝信者〟と対話し、ヒーリングに勤しんでいる。今この瞬間も。

溝口はディスプレイに目を向けた。玄関でセイラとスタッフがこの日最後の客を見送っていた。

ドアが閉まると、セイラはふらりと廊下の壁にもたれかかった。そのままズルズルとしゃがみ込む。スタッフが慌てて彼女の肩を摑んだ。

溝口は事務室を飛び出し、大股で玄関に向かった。

「大丈夫、大丈夫だから」

足音で彼に気付いたセイラが、くたびれた笑顔で言った。歯には隙間が開いている。

「ちょっと目眩《めまい》がしただけです。さすがにエネルギーの欠乏が著しくって」

「ですからご無理はなさらない方がいいと、この前……」

「溝口さん」セイラは遮るように呼びかけた。「わたしには使命があります。わたしを必要としてくれる人を、正しい方へと導く使命が」

げほげほ、と激しく咳き込む。落ち着くのを待ってから溝口は彼女に囁きかけた。

「承知しました。では明日も予定通りに」

「もちろん」

彼女はよろよろと立ち上がり、スタッフに支えられてリビングへと引き返した。何気なく足元を見ると、大量の長い髪が床に散らばっていた。間違いなくセイラのものだ。掃除は徹底しているから、この毛はこの数分で抜け落ちたものだ。

明らかに無理をしている。健康を引き替えにしてでも、現状にしがみつきたいらしい。あの頃には——溝口と知り合う以前には戻りたくないのだろう。

スピリチュアルショップの複合イベント会場。その隅のブースで独り、来ない客を待ち侘びていた五年前には。華もなければ口も上手いとは言えない、寂しい中年女には。溝口にセイラの言う〝オーラ〟が見えたことは一度もないが、その時の彼女の周囲は暗く、どんよりと曇っている風に見えた。

〝信者〟だけでなく〝教祖〟もまた、マナ・リガヤに救われた、ということらしい。そして恐れているらしい。先が見えず苦しんでいた、かつての不幸な自分に戻ることを。

この調子でいけば彼女らの結束、いや――ある種の共依存はますます強まるだろう。いっそのこと宗教法人に登録してみようか。新興宗教団体として稼いでみようか。

この分野に明るそうな知人を何人か思い浮かべながら、溝口は事務室に戻った。


後部座席のセイラはずっと目を閉じていたが、時折苦しげに胸を搔き毟《むし》った。何度か声を掛けたが、その度に「問題ありません」「家で眠れば清浄な気を取り込めますから」と言われた。

彼女がマンションの中に入っても、溝口は車を出さなかった。セイラの体調について思いを巡らせながら、玲央菜のことも考えていた。そういえば娘も昨日から、風邪で学校を休んでいる。嘔吐もしたと妻が言っていたし、そんな妻も熱っぽいという。流行っているのか。弱っているセイラが風邪を引きでもしたら一大事だ。気を付けなければ。〝信者〟どもから順調に吸い上げるためにも。明日サロンに来るのは樹理亜だったか。しばらく間が空いたが、ようやく金が工面できたらしい。

十分ほどあれこれ考えてから、溝口はアクセルを踏んだ。

住宅街を出る寸前でスマートフォンが震えた。倉庫番をさせている部下からの電話だ。ハンドルのボタンを押して通話状態にする。

「どうした」

「あっ溝口さん、どうしたんすか」

車載スピーカーから若々しい声がした。

「何のことだ」

車を走らせながら訊く。部下は安堵した様子で、

「いや、昼過ぎから何度か電話したんすけど全然出ないし、ＬＩＮＥしても既読つかないし、メール送っても戻ってくるんで、自分すげぇ心配で」

「あ？　そんなわけあるか」

今日は朝からずっと事務室にいたが、部下からの連絡は一切なかった。

「誰かと間違えてんだよ。妙な留守電とか文章送ってねえだろうな」

「そこは大丈夫っす。でもおっかしいなあ」

「で？　何の用だ」

「ああ、正午に客が来たんすよ。在庫を見せて欲しいって。見せらんねーっつったら帰りましたけど」

「誰だそいつ」

「若い女で、カッコイイ系でしたね、カワイイ系じゃなくて、かなり――」

「そんなことは訊いてねえよ。どこのどいつだって訊いてんだ」

「それが分かんないんすよね」

「ああ?」

こいつは倉庫番もできないのか。どやしつけてやろうかと思ったその時、部下が言った。

「いや、でも妙なんすよ」

「……何がだ」

「その女、帰り際に言いやがったんすよ。あなただけでもさっさと逃げた方がいいって。他のマナ・リガヤの関係者は、もう手遅れだって」

訳分かんねっすよ、と部下は笑った。

同業者が嫌がらせに来たのか。それとも効果のなかった客がこちらのことを調べ上げ、クレームを入れに来たのか。だがそれにしては弱すぎる。実害らしい実害は全くなく、ただ倉庫番の小僧一人に、訳の分からないことを言って帰っただけだ。

前方の信号が赤に変わる。ゆっくり減速している最中、

「あ、それともう一つ」

「何だよ」

「電話します、ってその女言ってました。溝口さんに電話しますって」

「……どういうことだ？　その女、俺の連絡先知ってんのか」

「いや、自分も訊いたんすけど、知らないって言ってましたよ。あ、そうだそうだ、最初は名前も知らなかったんすよ。『仕切っている人に電話します』だ。そうだそうだ」

「は？」

「だから教えてやりました。溝口さんの名前も、連絡先も」

「馬鹿かお前！」

溝口はハンドルを殴り付けた。ひとしきり罵倒すると、部下は詫びながらベソをかき始めた。乱暴に通話を切ったところで信号が青になり、勢いよくアクセルを踏む。

立て続けに舌打ちしながら飛ばしていると、再び電話が鳴った。

〈通知不可能〉

普通に考えて海外だろう。思い当たる知り合いもいる。しかし――

ふと嫌な予感がしたが直ぐに振り払い、溝口はハンズフリーのスイッチを押した。


「……もしもし」

「溝口さんでいらっしゃいますか」

若い女の声だった。高すぎず低すぎず、落ち着いた声。

「どちら様でしょうか」

「失礼しました。わたしは先日、マナ・リガヤの商品を購入した者です。少し確認したいことがございまして」

クレーマーだろうか。いずれにせよ溝口の番号を知っているということは、部下の言っていた女である可能性が高い。

「すみません、そういったご用件でしたら、お手数ですがユピテリのアカウントにご連絡いただけますでしょうか」

「緊急の用件でして」

「そう言われましてもね」

苦笑しながらカーブを曲がる。

「もう時間も時間ですし、日を改めていただけますか。この場で遣《や》り取りしても——」

「ご商売を続けたいのでは？」

「は？」

「溝口さんがなさっているご商売のことですよ。寂しい人を祭り上げ、弱い人から吸い上げるビジネス。救済と裏表の恐怖で縛り付け、無い袖を振らせる悪徳スピリチュアル商法……」

「大丈夫ですか、お客様」

めいっぱい皮肉を込めて問いかける。架空請求の電話をしていた頃に多用した口調だった。

「わたしは大丈夫ですよ。マナ・リガヤについてどうこう言うつもりもない。ただ購入した商品について確かめたいことがあるだけです」

「左様でございますか」

「ええ。左様でございます」

馬鹿にしているのか。それにしては話し方に感情がまるで感じられない。度胸が据わっているのか、それともただの馬鹿か。上等だ。乗ってやろう。溝口はシートに体重を預けた。

「どの商品ですか」

「ウルトラヒーリングストーン・レッドオーラブレスレットです」

最近の一番人気。前に玲央菜に贈ったものだ。

「そちらがどうされましたか」

「とても鮮やかな赤で、思わず見蕩れてしまいました。うっとりするというか、吸い込まれるというか」

「へえ、どうもありがとうございます」

「チベット産のパワーストーンだとか」

「左様でございます」

実際は中国製のガラクタだ。

「サイトには櫛灘セイラさんのオーラを流し込んであるとありましたが」

「ええ、商品一つ一つにね」

「ということは、事前にセイラさんがご確認されている、間近でご覧になっている、ということですね」

「そうですが」

「不思議ですね。辻褄《つじつま》が合わない」

女はそれだけ言って黙った。

「何がですか？」

溝口はつい問いかけていた。

「調べてみたんです。ブレスレットの画像をネットで検索したり、鉱物に詳しい人に訊いたり」

車通りが多くなっていた。追い越し車線をトラックが猛スピードで走り抜ける。

「溝口さん」

「はい」

「どこの国でも、貧富の差は拡大する一方ですね」

「は？」

「日本も例外ではなくなりました。一億総中流などと言われていた時代も今は昔です。だからこそマナ・リガヤのような商売も成立する」

「はあ、そうですか」

嫌味を聞き流してやると、

「裕福なのは一部だけで、大多数は貧困に喘《あえ》いでいます。お金もそれ以外も富裕層に流れる一方で、逆に流れるモノはありません。たった一つを除いて」

「ほほう、といいますと？」

「ゴミです」

女はきっぱりと言った。

「ゴミは貧困層の居住区に捨てられます。まともに処理されること、無害化されることは殆《ほとん》どありません。ただ積み上げられ放置される。前世紀から二極化が進んでいた途上国には、あまりにも堆積しすぎた結果、一帯がゴミの山となっている地方さえあります。フィリピンのスモーキー・マウンテン、ケニアのダンドラ地区」

何の話をしているのだろう。

「それらのゴミ山には人が住んでいます。他のどこにも行き場がない貧しい人たちが。不衛生で有毒物質が飛散する場所で寝起きし、ゴミの中から使えるものを拾い集め、それらを売ってかろうじて生活している。子供も例外ではありません」

この話はどこに着地するのだろう。やはり頭のおかしいクレーマーか。うんざりした気分で溝口は言った。

「ほうほう。で？」

少しの間があって、女が言った。

「あなたが今まで買い付けていた石は、チベット産でも中国産でもありません。それ以前に石ですらない。アジア某国にあるゴミ山で、子供たちが拾い集めたガラス片ですよ。生ゴミの腐敗熱で長時間加熱されたガラス片は、溶けて再び固まるとあんな色と形になるんです。もちろん有害物質もたっぷり含まれているはずですよ。子供たちの怨念も」

「……出鱈目《でたらめ》だ」

溝口はそれだけ答えた。顔を撫でる温風が酷く不快に感じられるが、送風口に手を伸ばすことができない。辛うじてハンドルを操っている。

「ガラスがあんな風になったりはしない。シーグラスが似ているがあれは波で長い間研磨されたからだ。熱で変化するわけじゃない」

「だから怨念だと申しました。肺をやられ喉をやられ、衰弱して死んでいった大勢の子供たちの怨念が、ガラスを石に変える。精神の力が物質世界の法則を変えるのです」

「有り得ない」

「有り得ますよ。リガヤの水と同じくらい有り得ます。何よりわたしには、彼らの苦悶の顔が見えましたから。一個の欠片《かけら》に一人ずつ。泣いて助けを求めている」

「馬鹿を言うな」

くっく、と笑い声を上げてみせる。女は何の反応もしなかった。

「なあ、それでお終《しま》いか？」

返事はない。

「お客様、寝言は以上でございますか？」

答えはない。

「おい！」

溝口は平手でハンドルを叩いた。そこで掌《てのひら》がぬめっていることに気付く。汗だ。汗に濡れている。

「溝口さん」

酷く無機質な声で、女が呼びかけた。そして問いかけた。

「思い当たる節がいくつもあるのでは？」

シャツの下、腹の上を冷や汗が伝った。不快感が全身を走り抜ける。次々と頭の中で記憶が弾けた。櫛灘セイラの不調。咳、抜け落ちた大量の髪や、何より玲央菜の嘔吐、妻の発熱。

今まで持ち帰り、手渡したいくつものブレスレット。

「セイラさんはお気付きではなかったのですか？　力を受け継いだ方々は？　不思議ですね」

「てめぇふざけたこと言ってんじゃねえぞ」

「わたしは真面目ですよ。マナ・リガヤのますますの発展を願っています。ですからこんなところで躓《つまず》かれては困――」

「うるせえ！　殺すぞ！」

怒鳴った弾みでハンドル操作を誤り、車体が大きく右に揺れた。背後で凄《すさ》まじいクラクションの音が鳴り、慌てて立て直す。

溝口は汗だくになっていた。

「恐ろしいですか？」

女が訊いたが、溝口は答えられなかった。

「不思議ですね。本当はどこで採れたかも分からない石をパワーストーンだ何だと有り難がる人もいれば、オモチャだガラクタだと侮《あなど》る人もいる。同じ人が今度は毒だ怨念だと恐れ戦《おのの》く。本当に不思議です」

これも溝口は答えられなかった。

タイヤがアスファルトを擦《こす》る激しい振動が、直接身体に伝わっている。そんな感覚がする。目眩も吐き気もする。ブレスレットをしていることに気付き、力任せに引き千切る。

再び車体が大きく揺れた。

パラパラと石が——女の言うガラス片が、車内のあちこちに転がった。足元、助手席、後部座席。いくつかは窓ガラスを激しく打ち鳴らした。

ざらついた粒子が喉を擦るような感覚に襲われ、溝口は咳き込んだ。絡んだ熱い痰《たん》を助手席に吐き捨てる。気のせいだ。暗示だ。目が霞むのは疲れているだけで、息苦しいのは締め切っているせいだ。

窓を開けて冷たい外気を吸い込んだが、苦しさは一向に消えなかった。

玲央菜の顔が頭に浮かんだ。妻の顔が続く。どちらも紫色だった。目は今にも飛び出しそうで、喉を掴んで苦しそうにもがいている。

笛の鳴るような音が自分の喉から出ていることに、溝口は気付いた。

「急いだ方がいいですよ。手遅れになる前に」

「黙れ」

「でも安全運転を」

「黙れ！」

赤に変わりかけの黄信号を猛然と突っ切る。今更のように気付いて通話を切る。再び〈通知不可能〉から電話がかかってきたが、溝口は無視して車を走らせた。

家の近くに差し掛かった頃には、溝口は熱に浮かされたような心持ちになっていた。脳が茹《ゆ》で上がっている。喉が腫れ上がり、唾を飲むだけで激しく痛む。

何気なくルームミラーに目を向けた次の瞬間、溝口はヒッと叫んでいた。

痩せ細った子供たちが、後部座席にひしめき合っていた。七人、八人、いやそれ以上だ。みな骨と皮ばかりに痩せ、汚れた服を纏っている。目は濁り、口からは白い唾液を垂らし、表情は眠たげで、シートを摑む指は真っ黒だ。

鏡越しに目が合った。

目を逸らせなくなっていた。

クラクションと急ブレーキの音が耳に響いた。

直後、凄まじい衝撃が溝口の身体を押し潰した。

※　　※

母は娘を売ることこそ諦めましたが、代わりに娘の裸の写真を売ることにしました。わたしは心を無にして母の前に立ち、撮影されました。寒くて死にそうになっていたわたしには、他に選択の余地はなかったのです。

最後のサロンの日。母は嬉しそうに出かけていきました。帰ってきたのは予定よりずっと前でした。

セイラ様が来ていないらしい。運営している人間も。だからサロンを開けられない——一階玄関ドアの前で途方に暮れている女性スタッフから、母はそう聞かされたと言います。オークションサイトで問い合わせても返事は来ませんでした。そのうちアカウントが消されてしまいました。マナ・リガヤは何の前触れもなく、実にあっさりとなくなってしまったのです。

母はしばらく呆然としていました。何も手に付かないようで、家でずっと伏せっていました。夜中に啜り泣くことも度々でした。

一方で、わたしはホッとしていました。事情は分からないけれど、母はマナ・リガヤから離れることができた。それが何よりも嬉しかったのです。

布団で毎晩のように思い出したのは、公園で出会った、あの女性のことでした。

そう、うえすぎえいこさんです。

望んだ相手を殺してくれる、超自然の存在。彼女は実在したのです。わたしがこの目で見たのですから。

今思えば、この時点ですでにわたしは第一歩を踏み出していたのでしょう。真実に、真理に至る、その第一段階に到達していた。

母は再び働くようになりましたが、相変わらず夜の仕事でした。昼夜は逆転し、体調はいつも優れず、わたしに構う余裕も無い。ブレスレットも変わらず身に着けていました。まだ何も元通りではない。最悪の結果を生まないだけで、決して好転してはいませんでした。それに、わたしの写真を売ってお金にした母を、憐れに思いながらも許すことができずにいました。

どうしたらいいだろう。

そう思い悩んでいたある日の夜のこと、わたしは夢で声を聞きました。

神様の声でした。

白い服を着て、白いひげをはやした、とても優しい目をした神様が、雲の上から降りてきました。そしてわたしにこう語りかけました。

「思い出しなさい。お前の本当の姿を」

朝になっていました。わたしはそれまでのわたしとは別人になっていました。全てを思い出していました。

前世では、わたしは天界に住む光の戦士でした。人間界を見下ろし、母を見ていました。そして彼女の優しさ、美しさに夢中になりました。

わたしは母の子になるため、この世に生まれ落ちた戦士なのです。母を愛したが故に、この世界に降り立った闘士なのです。

母に対する悪感情は、すべて消えて無くなっていました。

夜の仕事から帰ってきた母にすべての真実を告げると、彼女は涙を流して喜びました。生まれてきてくれてありがとう、やっぱり神様はいるんだ、そう言ってわたしを抱き締めました。わたしも泣いて母に縋《すが》りました。泣き止むと、頼んでブレスレットを捨ててもらいました。

わたしがいれば充分だからです。

わたしという神様がいれば、母は充分に幸せになれるからです。

こうしてわたしたち二人は、真理の道、伝道の道を歩み出したのです。そうだよね、お母さん。ええ、そこにいるのが母です。万雷の拍手、ありがとうございます。ありがとうございます。


最初はわたしのオーラを込めたペンダントや、ブレスレットをバザーで売ることから始めました。マナ・リガヤの紛《まが》い物とは違う、本当のオーラが封入されたものです。

当初は近隣との軋轢《あつれき》や、邪教徒からの迫害もありましたが、マスメディアに取り上げていただいたことから、少しずつ支援の輪、信徒の輪が広がっていきました。『ママは天使になったの』で有名な絵本作家・武田《たけだ》クリシュナさんや、前世記憶療法士の猪俣修平《いのまたしゅうへい》さんといった、理解者の方に恵まれたのも幸いしました。

今ではこうして講演に呼んでいただくことも増え、より多くの方を真理へと導くことができるようになりました。また、今回お話ししたことをもっと詳しく書いた書籍も、先月刊行することができました。『光の戦士は中学二年　あいりん伝道の書』、この後、そちらの物販スペースで販売します。わたしのオーラを一冊一冊、一ページ一ページに、丁寧に流し込んだ限定版です。価格は一冊二万五千円。皆様ぜひお買い求めください。

この度はお集まりいただき本当にありがとうございました。

※　※

会場は賑わっていた。

都心のビルにある大きな貸会議室。集まった人間は百人近い。今は隅の物販スペースに、餌を投げ与えられた鯉《こい》のように群がっている。数分前までは壇上の少女の語る言葉にうなずき、感嘆の声を上げ、涙を流していた。少女が語り終えると拍手で讃えていた。

天界から遣わされた、光の戦士あいりんを崇めていた。

あいりんは講演が終わるやどこかに行ってしまい、今は母親が物販を取り仕切っている。

貸会議室の隅で、溝口は立ち尽くしていた。

事故でズタズタになった両足は今なおまともに動かすことはできず、太い杖で辛うじて身体を支えている。右腕も九十度曲げたままの状態で固まり、指も麻痺している。声もほとんど出せない。

崩れて引き攣《つ》った顔はマスクとサングラス、ニット帽で隠していた。

あの日、溝口の運転していた車はトラックと衝突した。大破した車は道路を転がり、逆さまになって止まった。そして激しく燃え上がり、車体に押し潰されていた溝口はじっくりと全身を焼かれた。

死なかったのは奇跡だ、と医者にも看護師にも言われたが、手術とリハビリを何度繰り返しても元には戻らなかった。おまけに入院中、妻と娘が死んだことを聞かされた。家で二人とも冷たくなっていたという。

溝口は悲しんだが、同時に恐れ戦いた。

電話で女が言った恐ろしい話を、笑い飛ばせなくなっていた。

あの石、いや——あのガラス玉のせいだ。

ガラス玉の中に充満していたガキどもの恨みが、自分を苦しめ、家族を殺した。

罰が当たったのだ。

櫛灘セイラとは連絡が付かなくなった。部下たちにも繋がらない。使い物にならなくなったと分かって、あっさり斬り捨てたらしい。怒り狂ってもどうにもならなかった。

溝口は全身の痛みに呻《うめ》きながら、家に籠もって日々を過ごした。

思い出すのはルームミラーに見えた、子供たちの目ばかりだった。その度に心臓が縮み上がり、悪寒に襲われた。眠りに落ちてもすぐ悪夢で目覚めてしまう。例の子供たちが自分を凝視する夢だった。


久方ぶりに平静を取り戻し、集合ポストの中身を取りに行った、ある日の夕方のこと。チラシの中の一枚が目に留まった。光の戦士あいりんの講演会の案内だった。

〈大丈夫。神様はあなたのありのままが大好き〉

顔写真の横にそんなキャッチが躍っていた。

それまでなら鼻で笑い、チラシをくしゃくしゃに丸めて捨てただろう。だが溝口はそのチラシを大事に持ち帰り、何度も見返し、気付けば講演会に足を運んでいた。以来、行ける範囲の催しには必ず行き、彼女の言葉を聞き、少なくない額の買い物をした。

貯金は早々に底を突いたが、全く気にはならなかった。

この少女は自分を救ってくれる。そう思えたからだ。

人知を超えた力による罰があるなら、人知を超えた力による救済もあるはずだ。恐怖があるなら安寧もあるはずだ。

俺は救われたい。光の戦士あいりんに救って欲しい。

このズタボロの身体に閉じ込められた、苦しみを和らげて欲しい。

そう願って金を落とし続けた。

公平に見て効果はあった。

彼女に会って話を聞くのは楽しかった。苦しい日々を束の間忘れることができた。車の中での出来事を思い出すことも確実に減り、その時感じた耐え難いほどの恐怖も、徐々に薄らいでいた。

だが今は違った。

拭い去れると思っていた恐怖が、再び溝口の心に絡みつき、深々と根を張っていた。枝葉を茂らせて身体の内側から、あちこちを刺し貫いていた。

カモだ。

光の戦士あいりんとその母親は、俺とセイラがカモにしていた家族だ。顔は思い出せないが、今日彼女が語った内容から考えて間違いない。

嘘なのか。救済など存在しないのか。

毟り取った相手から、逆に毟り取られているのか。

逃げたい。でも逃げ出せない。

ここ以外に行くべき場など存在しないからだ。

「いつもありがとうございます」

優しい声がした。

溝口は声のした方へ身体を捻る。

光の戦士あいりんが立っていた。天使のような笑みを浮かべ、溝口の固まった腕にそっと触れる。

溝口の曲がった唇から、声が漏れた。

「おお、お」

「言葉は要りません」

光の戦士あいりんはそう言うと、彼を支えながら歩き出した。足取りは緩やかだったが、腕を摑む手からは意志を感じた。離すまい、逃すまいという強い意志を。

溝口は抵抗することもできず、ずるずると物販スペースへ引きずられて行った。

第三話

子供の世界で

一

ただいま、と呟きながら玄関ドアを開けると、見知らぬ靴があった。大人用の、古びたオレンジ色のスニーカー。薄暗い中でぼんやりと光を放っているように見える。

廊下の先にあるドアの向こうから、母さんの笑い声がした。別の女の人のも聞こえる。お淑《しと》やかで遠慮がちで、誰の声だかすぐに分かった。小さな子供の声もする。もう間違いない。

胸が痛んだ。

暗い気持ちで自分の部屋の前を通り過ぎ、洗面所で手洗いうがいを済ませた。なるべく音を立てないように、帰ってきたことを母さんたちに気付かれないように。

引き返して自分の部屋のドアを開けようとした瞬間、

「あら光太郎《こうたろう》」

母さんの声がした。リビングのドアを開け放ち、やれやれといった顔をしている。

「もう、帰ったら挨拶くらいしなさい」

「ごめん」

僕はすぐに詫びた。

「手洗いうがいはしたの？」

「したよ、ほら」

「濡れてるってことはちゃんと拭いてないってことよね？」

母さんは腰に手を当てて怒りを表現してみせた。ふしゅー、と殊更《ことさら》な溜息を吐く。

「まあまあ、そんな怒ることないじゃやない」

大柄な母さんの背後から、小さな可愛らしい声がした。肩からひょいとおかっぱ頭がのぞく。

緑川轟《みどりかわのぶ》の母さんだった。「光太郎くん、こんにちは。お邪魔してます」と子供のような笑顔で言う。足元には髪を二つ結びにした小さな女の子がいる。轟の妹、花《はな》ちゃんだ。確か四月で小学生になる。

「こんにちは」僕は二人に挨拶した。

「轟と一緒だったの？」

「いえ、今日は違います」

昨日や一昨日は一緒だった、都合で今日は別行動になっただけだ——そう受け取られるような言葉を、一瞬の間に選んでいた。そんな表情も作っていた。本当はもう長い間、轟とは登下校を共にしていない。

「そう。でも光太郎くんが帰ったってことは、轟もそろそろかな」

彼女は訊ねた。僕の嘘にまるで気付いた様子はなかった。

「たぶん」

「何で一緒じゃないの光太郎？　喧嘩したの？」

「まさか。たまたまだよ」

答えると、轟の母さんはウフフと笑い声を上げた。嬉しさ半分、寂しさ半分といった顔で、

「そうよね、もうすぐ六年だもん。前みたいにベタベタいつも一緒って感じでもないよね」

と、一人で納得する。

何か言いたそうにする母さんに「宿題するから」と言い捨てて部屋に入り、ドアを閉める。鍵を掛けたいができないのは我が家のルールだからで、ガチャリとロックする音を聞きつければ母さんが何事かとやって来る。絶対に来る。それだけは避けたい。今は一刻も

早く三人から離れたかった。

小さなストーブを点け、学習机に宿題の計算ドリルとノートを置くだけ置いて、椅子に座るだけ座る。問題文を眺め、机のアナログ時計を眺め、天井を眺め、再び問題文を眺め……無意識に繰り返していると、廊下が慌ただしくなった。と思ったと同時にドアがノックされた。

「はい」

ドアを開けたのは轟の母さんだった。

「お騒がせしてごめんね」

「いえ、全然」

「クッキー焼いたの持って来ちゃった。あとで良かったら食べて。あ、もちろんお母さんに内緒で食べたら駄目よ」

「はい」

「そんなにかしこまらなくていいのよ」

彼女は笑うと歯茎が目立つ。眉が八の字になって、泣いているような顔になる。背が低くて痩せているところも含めて、轟そっくりだ。思った途端に再び胸が痛んだ。

「じゃあ、うん」

僕が砕けた口調で言い直すと、彼女は「それじゃあね」と小さく手を振り、ドアを閉めた。

別れの挨拶をしたのに母さんも、轟の母さんも実際に別れるつもりはないらしい。ドアの向こうで楽しげな会話が続いている。内容は本当にどうでもいいことばかりだった。花ちゃんは帰りたいらしく、不機嫌そうに何か喚《わめ》いている。

いつものことだ。以前なら苦笑して聞き流せていただろう。そうでなければ母親同士仲がいいんだな、まだ話し足りないのか、と思っていただろう。

でも今は違った。

母さんたちの声はただただ耳障りだった。責められているようだった。咎《とが》められているようだった。

僕は耳を塞《ふさ》いで机に突っ伏し、心の中で轟の母さんに謝った。

おばさんごめんなさい。もう轟とは仲良くないんです。喧嘩したとか絶交したとかでもありません。

僕は轟をいじめています。

玄関の方から楽しそうな、本当に楽しそうな笑い声が響いた。

轟と知り合ったのは、二年の始業式から三日後のことだった。年度末に越してきたばかりで友達も知り合いもおらず、不安で縮こまっていた僕に、屈託無く話しかけてくれたのが轟だった。当時の彼は髪が長めで、女の子みたいだな、と思ったのを覚えている。すぐ意気投合した。興味の範囲がほとんど同じだったのだ。特撮が好きなことだけでなく、昔の特撮『神聖騎士パルジファル』を再放送で観てハマったことまで同じで、そんな偶然があるのかと驚きもした。

学校で一緒にいることはもちろん、登下校も共にするようになった。彼の家はメゾン伊奈町1号棟、僕が2号棟で、お互いの家を行き来するうちに家族ぐるみの付き合いが始まった。

リアルタイムで観た戦隊とライダーで印象的な作品は、どれも轟と知り合ってからのものだ。日曜朝に観終わって、その日の午後に会うか、翌朝学校で顔を合わせて感想を言い合う、そんな習慣ができたせいだろう。いや、絶対にそうだ。モンスターを戦わせるカードゲーム「フジヤマヴァンガード」に夢中になったのも、轟から教わったからだ。

クラスに居場所ができたのも轟のおかげだった。もともと積極的に人と話せる方ではなく、幼稚園でも、前の学校でも教室の隅で一人ぼっちだった。日陰者というより地底人と表現した方が相応《ふさわ》しい。そんな僕に友達と呼べる同級生が複数できたのは、轟が繋《つな》いでくれたからだ。

「放課後に友達ん家《ち》で遊ぶけど、光太郎も来る？」

「こちら、転校生の角《すみ》光太郎。物知りでフジヤマが強い」

初めて木元浩介《きもとこうすけ》、賀田俊《かだしゆん》の二人と遊んだ日のことを思い出す。二人とも矗とは幼稚園の頃からの友達で、当時は違うクラスだった。最初はお互い警戒してよそよそしかったけれど、少しずつ打ち解けた。行動を共にするようにもなった。一番大柄で家も広く、リーダー格の浩介、痩せてお喋りの俊、グループの中では一番社交的で人懐っこい矗、一番暗い僕。二年の終わりには先生たちから「お前らオタ4《フォー》は」と妙な名前で一括《ひとくく》りにされるまでになった。

楽しかった。本当に楽しかった。

特に去年、四人で隣町のレトロゲームのイベントに行ったことが何より楽しかった。僕と俊はほとんど応援係で、矗と浩介がコントローラーを握った。対戦相手は大人ばかりで入賞はできなかったけれど、健闘はしていたと思う。帰りにすぐ隣のスーパーで買えるだけの菓子とジュースを買って、近くの公園で祝杯を挙げた。電車代とバス代を使い果たしてしまい、二時間かけて歩いて帰った。

今思えば、それがピークだった。

五年になって、僕たち四人は全員が一組になった。担任の工藤《くどう》は「暗い」「話が長い」とあまり人気のない先生だったけれど、僕は嬉しかった。三、四年の時の担任がカースト上位のヤツばかりを贔屓《ひいき》し、児童全員かくあるべしと押し付ける、悪い意味での熱血教師だったからだ。対して工藤は時代遅れの教育理念も持っておらず、話は長いが授業も決して退屈ではなく、しかも絵が上手い。僕は学校生活を快適に過ごした。新しい交友関係が幾つかでき、うち幾つかは続いて幾つかは途絶えた。

四人の関係がおかしくなったのは、二学期に入ってすぐだった。「フジヤマヴァンガード」の派生シリーズ「FV：タイプ・スキヤキ」に早々に飽きてしまった僕たちは、いつしか牛乳キャップでメンコを作るようになっていた。シリーズに登場したモンスターをキャップの裏面に模写し、色を塗る。もちろんキャップは事前に辞書やブロックで押し潰して平らにし、彩色後は蠟燭《ろうそく》を擦《こす》り付けて硬くする。父さんから教わったやり方だった。聞くところによると父さんも父さん――僕にとってはお祖父ちゃん――から教わったらしい。

絵が一番上手いのは轟だった。次が僅差で浩介。大柄なのに手先が器用で、今思えば以前から、本人もそれを自慢に思っている節があった。僕や俊に漫画をさらさらと模写して見せる時も誇らしげだった。今のようになったきっかけは、ひょっとするとそこにあったのかもしれない。

給食の牛乳を飲まない女子から瓶《びん》ごと貰い、キャップを集め、僕たちは何枚も何十枚もFVシリーズのメンコを自作し、戦わせた。当初は浩介が圧倒的に強かったけれど、全員が研究に研究を重ね、次第に拮抗《きっこう》するようになった。メンコ本体の強化はもちろんのこと、投げ方ひっくり返し方の技術など、あらゆる部分を磨いた。

そんなある日の昼休み。

「おい、それ何だよ」

教室の隅で浩介が言った。今まさに四人でメンコをしようとした、その瞬間のことだった。彼は轟の手元を指差していた。

轟の手にした牛乳キャップには、見たことのないモンスターが描かれていた。大きな斧《おの》を構え、近未来風の甲冑《かっちゅう》を纏《まと》う、巨大な角を生やしたサメ。大まかに言ってそんなデザインだった。獰猛《どうもう》に黄色い目を光らせ、こちらを見据えていた。

「オリジナル。名前はヴァイスシュタイン＝リヒトクリーガー。属性は石」

轟は一息で答えた。

「同じのばっかりだと飽きるから」

「駄目だ。ルール違反だろ」

「いいじゃん。みんなも描けば」

「それじゃ世界観ぶち壊しじゃんか」

「それを何とかするのが面白いんだって。例えばこいつはさ……」

轟はスラスラと、オリジナルモンスターの設定を語って聞かせた。物語世界との矛盾もなく、むしろあるモンスターの種族の、進化の過程にある空白をいい具合に埋めていた。名前も含めて辻褄《つじつま》を合わせてあった。

ほおお、と俊の口から感嘆の声が漏れた。僕はいつの間にか笑っていた。言葉にしないまでも矗のオリジナルを認めていた。

「しゃあない」

浩介が不満げに言った。「とりあえずお試しってことで」とメンコを構える。矗は嬉しそうに、自作の「メンコホルダー」を開いた。

並んだメンコにはどれもオリジナルのモンスターたちが描かれていた。

一週間ほどそれで遊んだ。僕も俊も試みにオリジナルを描いて勝負に挑んだ。浩介は頑《かたく》なに既存のキャラクターだけで通した。

結論から言うと、盛り上がったのは最初だけだった。

それどころかメンコそのものをつまらなく感じるようになった。僕だけではない。浩介も俊も退屈を隠さなくなり、程なくして再びカードの「FV：タイプ・スキヤキ」で遊ぶようになった。矗一人が「メンコしようよ」「もうスキヤキは飽きたって」とゴネたが、僕を含めて三人とも、何となく聞き流した。

「なあ光太郎、俊」

矗が風邪で学校を休んだ日の、二十分休みのことだった。浩介は無表情で僕らを眺め回し、

「なんか違うよなあ、矗」

と、掠《かす》れた低い声で言う。少し前に始まった声変わりが、早くも終盤に差し掛かっていた。言葉の上では曖昧だったが、何が言いたいかはすぐに理解できた。

「浩介もそう思う？」

俊が嬉しそうに答えた。だよな、そうだよ、と二人で満足そうにうなずき合う。

「あいつ前から調子乗ってたよな。ちょっと絵が上手いからって」

「そうそう。図工の時間とか女子に教えたりしてな」

「で、光太郎は？」

「え？」

「とぼけんなよ」

浩介が凄み、俊が睨《にら》んだ。

僕は作り笑いで平静を装ったけれど、内心では縮み上がっていた。鼓動が速まり、背中に嫌な汗が流れた。

浩介が言っていることは理解できた。理屈だけでなく気持ちの上でも。メンコ対決をしらけさせたのは確実に轟だ。轟のオリジナルのモンスターが僕たちオタ４の調和を乱した。それは間違いなく事実だ。彼は出しゃばったのだ。

「うん、まあ」

「まあって何だよ。思うのか思わないのか」

「思う」

僕は答えた。

浩介は無言で僕を見つめていたが、やがて不意にニカッと笑みを浮かべて、

「だよなあ」

と言った。続けざまに矗への不満を捲《まく》し立てる。俊もそれに乗っかって悪口を並べ立てる。

僕は「うんうん」と相槌《あいづち》を打つことを選んだ。三回に一回は「かもな」「そういう見方もある」と留保付きで同意する。悪者になりたくない、浩介らに加担したくない、でも彼らと対立する勇気は持ち合わせていない――そんな弱い人間が必死で計算して生み出した、下らない小細工だった。

怖かったのだ。

浩介たちから「違う」と思われること、排除されることを恐れていた。守りに入った、という言い方は相応しいだろうか。

こうして僕たちは矗を除け者にすることにした。ゲームにオリジナルキャラを持ち込んで盛り下げたから、という本当に下らない理由で。

二

最初は無視する程度だった。それも三回話しかけられたうちの一回ほど。次はカードを隠したり、上履きを隠したり。何をするか決めるのは浩介で、実行するのは僕と俊だった。僕は二回命じられたうちの一回を「それは面白くないんじゃない？」とやんわり拒否し、彼の機嫌を損ねないように細心の注意を払いながら反故《ほご》にしていた。

なぜ浩介に主導権があるのか。なぜ僕は彼の手足なのか。

思えばオタ４と先生に呼ばれるようになった頃から、何となくの力関係はあった。仕切る浩介、それに付き従う俊。特に主張はせず行動を共にする僕。三人と対等の轟。四人で楽しくしている間は、それで何の問題もなかった。力関係を意識することもなかった。でも一度亀裂が入っただけで、それが悪い方へ悪い方へと傾いていった。歪んでいった。

異変に気付いた轟は、僕たちと距離を置くようになった。

遊ぶことはもちろん、話すこともなくなった。

思えばその辺りで、さりげなく元通りに振舞っておけばよかったのかもしれない。僕が前のように普通に話しかけていれば、浩介も俊も感化されて何もかもが本当に「なかったこと」になったかもしれない。

浩介は仕切ってこそいるが操っているわけではない。オタ4に限らず集団の雰囲気や動きは微妙なパワーバランスで成立していて、一人の働きが全体に影響を及ぼすこともある。そういうものだ。だから僕にできることはあったはずだ。いくらでもあったはずだ。でもそれは今だから言えることだ。僕は何もしなかった。

「光太郎」

十月下旬のある朝のこと。一人で教室に入ると、浩介が待ち構えていたかのように手招きした。隣の席では俊がニヤニヤしている。ナップサックも置かずに向かうと、いきなり手を掴まれた。

「はい、これ」

握らされたのはゼリー飲料だった。銀色のパックに黒いロゴが入っている、どこにでも売っているものだった。もちろん学校には持ち込み禁止だ。

「こんなの……」

「いいから隠せ、隠せ」

浩介に楽しげに命じられ、僕は大急ぎでナップサックにゼリー飲料を放り込んだ。

「何でこんなの」

「今うちにいっぱいあるから、おすそ分けだよ。な?」

浩介が訊き、俊がうなずく。二人とも意味ありげにニヤニヤしているせいで、僕は額面通りに受け取ることはできなかった。黙っていると、浩介が訊ねた。

「他に何かリクエストある？」

「え？」

「いいからリクエスト言えよ。はい3、2、1」

僕は訳も分からないまま「カロリーフレンド」と答えてしまう。あの手の栄養食品を口にする機会が全くなく、漠然とした憧れがあったせいだ。

俊が質問を被せた。

「おいくつですか？　おひとつ、おふたつ？」

「ええと……ひとつ」

「デザートはいかがですか？　みっちゃんいか、ラーメンジジイ、色々取り揃えてございますが」と浩介。

「要らない」

「はい、追加でラーメンジジイ、あと適当に何個か」

「いや、だから要らない――」

「ご注文ありがとうございまあす」

浩介が声を張った。

彼の陰険な視線の先には、轟がいた。自分の席で縮こまり、青ざめた顔で僕たちを見返していた。

「ご注文」が僕の手元に届いたのは翌朝のことだった。教室に入るなり浩介に、ゼリー飲料と同じように手渡された。カロリーフレンド、ラーメンジジイ、ラムネとガムとスルメ。どれも近所の小さなスーパーに売っているものだった。

「ご注文は以上でよろしいですか？」

「うん」

「え？　カロリーフレンド十個追加？」

俊が口を挟み、浩介が「オーダー入りましたあ」と笑う。

矗が無言で机に突っ伏した。

愚かな僕はそこで初めて、彼らが何をしているか気付いた。

自分が強制的に参加させられていることにも。


「クラスの女子の裸の絵を描いている」「最近県内で出回っているいかがわしいイタズラメールの犯人」など、有る事無い事言い触らす。実際に裸の絵を描かせ、矗が描いたと分かるように横に名前も書かせてクラスメイトに回す。体育の授業中に私服を隠す。または便器に突っ込んでおく。どれも先生に見つからないように。見つかったとしても自分たちの仕業だと気付かれないように。浩介も俊も狡猾《こうかつ》だった。

轟は次第に、クラスから孤立していった。女子たちは距離を置くようになり、男子はからかうようになった。上位グループの面々、特に小田《おだ》と滝沢《たきざわ》は率先して轟を小突いたり、蹴飛ばしたりするようになった。

「元通りになりたかったら従え」と命じて、浩介は轟に万引きを続けさせていた、らしい。決定的な証拠があるわけではない。登校すると浩介からお菓子を受け取り、「注文」を聞かれ、浩介と俊がそれらしい言葉を二言三言、轟のいる方に投げかけるだけ。僕を現場に同行させることもなかった。要するに発覚を恐れたのだろう。僕が親なり先生なりに告げ口するような人間だと見なしていたわけだ。

その推測は外れている。僕にそんな勇気はない。誰にも打ち明けられていない。母さんにも、轟の母さんにも。今ドアを開けて訴えれば間違いなく聞いてくれるのに、行動に移せずにいる。

今頃はまた万引きをさせているのかもしれない。終礼直後、逃げるように教室を出ていった轟を、浩介と俊が笑いながら追いかけていた。どう頑張っても靴箱で捕まっただろう。僕は今回なんとか「注文」をせず、のらりくらりと逃げ切ったけれど、だからと言って他人事だと割り切ることはできなかった。

どうにか宿題を終えた僕は、机の抽斗《ひきだし》を引いた。たくさんのメンコが入っている。少しばかり掻き回し、目当ての一つを摘まみ上げる。

野牛とカブトムシを合体させたような、青いモンスターが描かれていた。「シュワルツ＝ヴァッサーライン」。水の属性を持つ、矗のオリジナルだった。彼と対戦し勝ち取ったものだ。矗の悔しそうな、でも楽しそうな顔が頭に浮かんだ。

矗が調子に乗るから悪いんだ、と僕は思った。

絵が上手いのを鼻にかけて、モンスターを自作なんかしなければ、こんなことにはならなかった。だから矗、お前が悪い。全部お前のせいだ。浩介や俊のせいではなく、もちろん僕のせいでもなく。

母さんたちはまだ話し込んでいた。

翌朝。教室に入っても浩介たちには呼ばれず、僕はホッとしながら席に着いた。矗はチャイムが鳴る直前に現れた。

チャイムが鳴ってすぐ、担任の工藤が入ってきた。日直の二人が前に出て朝の会を始めようとすると、工藤は何やら囁《ささや》きかけ、二人を席に座らせた。

工藤は教壇に両手を突いた。いつもの穏やかな雰囲気は消え失せている。思いつめたような表情をしている。何も言わない。

徐々にみんな静かになった。誰も喋らなくなった。

様子がおかしいと誰もが気付き、教室に緊張が立ち込めた。

「……授業より大事なことをします」

押し殺した声で言うと、彼は長めの髪を掻き上げた。充分な間を取って、

「先生が気付かないとでも思ったか？」

意味深に問いかける。上位の女子何人かが、「え？」と最小限の言葉で疑問を返す。

「いじめだ。緑川をいじめてるだろう。お前ら」

さっきより更に、教室が静まり返った。普段の工藤は僕たちを「君たち」と呼ぶ。本気で怒っているのはそれだけで分かった。

何人かの児童が顔を見合わせる。そっと窺《うかが》うと、俊は真っ青になっていた。浩介は無表情で工藤を見返している。轟は俯《うつむ》いていた。小さな身体が一層小柄に見えた。

「おっと、先回りして言っておくとな、緑川からは何も聞いていない。先生のお節介だ。自分で尻尾を摑んだんだよ」

心臓が早鐘を打ち、喉が渇き切って痛みを訴えていた。

気付かれたのだ。発覚したのだ。具体的にどうやって知られたかは分からないが、いずれにしろ僕は犯人グループだ。僕の意思はどうあれ工藤はそう見なすだろう。

「何となくおかしいとは思ってたんだ。孤立してるしな。それだけならいい。集団生活に馴染めない人間は必ずいるし、それは決して変なことじゃない。先生だってみんなと一緒にとか、一致団結とかは得意じゃないからな。まあ、オタクだよ」

ふっ、と表情を緩める。工藤がオタクを自称する時、いつもなら上位の誰かが「知ってる」「オタクドウ先生」と茶化すようなことを言って、笑いが起こる。だが今回は誰も何も言わなかった。

息詰まるような沈黙が教室に漂った。

「……先生」

蟗だった。蚊の鳴くような声で言う。

「僕は、い、いじめられてなんか、いません」

唇が紫色になっていた。訴えるような目で、

「お、お、一昨日《おととい》も、言いましたよね。しし、職員室で、訊かれた時――」

「緑川」

やんわりと工藤が遮った。優しい目で、ゆっくりうなずく。

「分かるよ。報復を恐れてるんだな。大丈夫、先生が決してそんなことはさせない」

「でも」

「解決策はあるんだ」

静かだが自信に満ちた声で言う。

「もちろんベストじゃない。イタチごっこだって自覚はある。でもな、ここで学級会という名の裁判ごっこをしたり、上っ面だけの仲直りをさせたりするより、ずっとベターだと

思う」

僕は縮み上がっていた。

何が起こるのだ。工藤の言う解決策とは何だ。

「簡単だよ」

工藤は深呼吸すると、

「いじめなんてのはな、絶対反撃されない、されたとしても勝てる――そんな優越感で成り立っている集団行動だ。そこを突き崩せばいい」

こちらを向いたまま、黒板に手を伸ばした。爪を立て、ゆっくりと引っ掻く。

きい、きいい
不快な音が教室の空気を掻き乱した。何人かが顔をしかめ、何人かが耳を塞ぐ。子供じみた悪ふざけの一つだった。児童同士なら「やめろって」と小突いてお終《しま》いだろう。嫌がりつつ楽しめたのはせいぜい低学年の頃まで。少なくとも僕はそうだった。だから普通なら「先生何やってんの」と誰かが指摘する流れだ。

誰もそうはしなかった。

教室の空気はますます重苦しく、厭《いや》なものになっていた。

工藤はまっすぐな目で僕たちを見つめていた。壊れた機械のようにきいきいと、黒板を引っ掻き続けていた。

異様な光景だった。

「先生な」

不自然なほど明るい声で、工藤が言った。

「お前らくらいの頃、いじめられてたんだ。理由はさっきも少し言ったけど、集団行動が苦手だったから。自己主張もできなかったし。上履きを隠される、汚される、給食を自分だけ配ってもらえない。よくあるやり口さ。いじめる連中が怖くて、反撃なんかできなかった。絶望の日々だったよ。世界が滅びますように、それか自分が消えて無くなりますように。毎日そんなことを願っていた」

そっと手を止める。

「先生をいじめてた奴ら、中心は二人だったんだけどな」

ゆっくりと間を空けて、

「一人は高校の時、くも膜下出血で倒れた。意識は戻ったが後遺症のせいで、今も寝たきりだ。辛うじて歩けるご両親に介護されて、ギリギリ生きてる。もう一人は就職してすぐギャンブル依存症になって、借金で首が回らなくなって自殺した。近所の山で首を吊ってね。見つかった時にはすっかり腐ってて、首から下は地面に落ちてたそうだ」

そう言うと、チョークを摑んだ。黒板に向かって凄《すさ》まじい速度で、何やら描き始める。

すぐに人の顔だと分かった。目の焦点が合っていない、無精髭《ぶしょうひげ》で二重顎《あご》の男。スポーツ刈りに寝癖が付いている。枕に頭を乗せているということは、寝ているのだろう。

何を描いているのか分かった瞬間、彼はその右隣に別の何かを描き始めた。

今度も顔だった。痩せ細った男の顔だった。目は半分飛び出し、開いた口からだらりと舌が垂れている。

「弱い者をいじめた奴はな、こうなるんだよ」

黒板の方を向いたまま工藤が言った。

「だから緑川をいじめた奴も、こうなって欲しいんだよ。今すぐ。先生が見てる前で」

淡々と願望を口にする。二つの顔を見比べながら、ディテールを描き込んでいく。

カッカカッカカッ、とチョークが黒板を擦る音だけが教室に響いていた。

僕は震えていた。

失禁してしまいそうになっていた。

大人から、ここまであからさまに憎悪を向けられたことは一度もなかった。直接何かをされたわけではないが、その憎しみの凄まじさは嫌という程感じられた。本気だ。この先生は本気で願っている。僕が死ぬことを望んでいる。逃げ出したい。この場にいると、工藤の憎しみでおかしくなってしまいそうだ。いや、というより——

工藤に殺される。

そんなことまで想像し、僕はこみ上げる恐怖の涙を堪《こら》えた。必死で泣くのを我慢した。

啜《すす》り泣きがどこからともなく聞こえ、工藤が手を止める。

今のは男子らしい。浩介か、俊か。顔を上げて確かめた瞬間、僕は目を見張った。

泣いていたのは小田だった。

窓際の一番前の席で、目を拭いながら嗚咽《おえつ》している。

そのすぐ後ろの席で滝沢も涙を流していた。目も鼻も真っ赤だった。

「……ごめんなさい」

小田が言った。滝沢が洟《はな》を啜る。

「何をしたんだ」

工藤が訊ねた。ややあって小田が答えた。

「緑川くんのこと、最近、いじめてました」

くうう、と声を上げて泣き始める。

「他は？」

「叩いたり、からかったり……」

「で、でも先生」滝沢が立ち上がって、「それはみんなやってます。何となくみんなで緑川くんのことはイジるっていうか、イジっていいって空気が、そもそも最初の最初は
――」

「みんな？　誰のことだ」

工藤はカッツンとチョークを投げ置くと、

「空気ってなんだ？　どんな空気だ見せてみろ」

早足で歩み寄り、鼻先まで顔を近付ける。滝沢は立ったまま身を縮め、そのまま泣き出した。

工藤は二人を見下ろし、重い声で訊ねる。

「誰に謝って何をするか、分かるか」

「はい」「はい」

「はいじゃない。答えろ」

二人はしゃくりあげながら話し始めた。謝るべき相手は轟で、するべきことは二度としないと誓うこと。工藤の顔からは憎しみの表情が消えている。工藤が轟に何事か訊き、轟が暗い顔でうなずく。

僕は呆然と彼らを眺めていた。

何が起こっているか最初は理解できなかった。不安、焦り、恐れ、どれも完全に消え失せ、疑問だけが頭の中をぐるぐると回っている。

小田と滝沢が轟をイジっていたのは事実だ。でもそれは滝沢の言うとおり、そうしていい空気がクラスに出来上がっていたせいで、きっかけはどう考えても浩介や俊、そして僕が最初に始めたことだ。だが。

「木元、賀田、それから角」

工藤に呼ばれ、僕は反射的に姿勢を正した。

いつの間にか滝沢が席に着いている。小田は泣き止み、充血した目でこちらを見ている。

工藤はさっきまでと違う優しい声で、僕たちに呼びかけた。

「緑川と仲良いよな。同じグループだし」

三人ほぼ同時にうなずく。

「先生がいじめられてもメゲなかったのは、オタク仲間がいたからなんだ。命の恩人たちがね。そいつらとは今も繋がってる。たまに会っては馬鹿話に興じてる。顔を合わせたら小学生の頃に戻れるんだ」

工藤は遠い目をしていた。

「緑川から聞いてたか？　小田たちにいじめられてるって」

僕たちの答えを待たず、

「聞いてないよな。親友だから余計に言えなかったんだ」

訳知り顔で何度もうなずく。

首筋がスッと冷えた。背中を嫌な汗が伝う。やはりおかしい。おかしなことが起こっている。

「これからも四人で仲良くしてくれ。仮にだ、また誰かが――クラスの主導権を握ってる奴らが緑川をいじめたりからかったりして、周りがそれを許す空気になったとしても、お前たち三人は同調圧力に屈しないでくれ。迷わず先生に相談してくれ。必ず対処する」

工藤は微笑を浮かべた。

浩介が真顔でうなずき、俊が「はい」と答える。

僕の両腕に鳥肌が立った。何がどうなっているか、はっきりと理解した。

工藤は勘違いしている。間違った思い込みに陥っている。

いじめは上位グループが下位グループに対してするもので、オタクグループ内でいじめが起こるなんて有り得ない。そう決め付けている。自分がオタクで、オタクの親友がいるから。たったそれだけの理由で。

「知ってると思うけど――オタクって、あったかいんだよ。これからも仲良くな」

工藤が幸福そうに言った。「はい」浩介と俊が同時に答える。嬉しそうに、すっきりした表情で。

教室にはしらけた空気が漂っていた。

轟が死人のような顔で床を見ていた。

彼が車に轢《ひ》かれて死んだのは、三月の終わりのことだった。

三

取り乱した轟の母さんから僕の母さんに電話があって、僕は轟の死を知った。暗くなってから密かに家を出て、少し下ったところにある国道で、何台もの車に立て続けに轢かれたという。すぐ病院に運ばれたけれど、既に事切れていたらしい。

僕はショックを受けた。

その次に不安になった。恐ろしくなった。

自殺かもしれない。遺書があるかもしれない。そこに僕のことが書かれているかもしれない。

悲しむより先に気になった。そのせいか高熱と腹痛に襲われ、お通夜にも告別式にも行けなかった。うなされ、苦痛にのたうちながらも、僕は母さんに轟の死について情報を求めた。「事故として処理された」と聞かされた時は安堵したけれど、かと言ってすぐに体調は回復しなかった。

再び登校したのは、四月も半ばを過ぎた月曜のことだった。

浩介も、俊も普通だった。久々に顔を合わせると、「大丈夫か?」と体調について訊かれはしたけれど、それが済むと二人とも日常会話を始めた。新章に突入した『仮面ライダーサルトビ』のこと、発売が告知された「FV：タイプ・テンプラ」のこと。矗など最初からいなかったかのように振舞っていた。二人だけではなく、クラスのみんなも、工藤さえも。机に花が供えられていないせいか、と思ってすぐに気付く。教室には矗の席すらなかった。

みんな矗の死を清算したのだ。

僕が休んでいる間に済ませたのだ。

五年一組から矗はいなくなったが、六年一組に最初から矗はいないのだ。

戸惑ったのは最初だけだった。

これでいい。いつまでも引きずっていられない。どうにもならないことで、くよくよしていては駄目だ。僕は僕の人生を生きなければ。

決意とともに僕は日常に戻った。浩介や俊と遊び、授業を時に真面目に、時にぼんやりと受けた。家ではごく普通に両親と会話し、夜はぐっすりと眠った。

日曜の午後。部屋で漫画を読んでいると、母さんに「出かけるからおいで」と呼ばれた。

「どこに？」

「矗くん家に決まってるでしょ。あんたがお焼香をしに行くの」

言われて初めて、僕は自分にそうする必要があることに気付いた。

喪服姿の母さんと二人で緑川家に行った。

矗の両親はこれ以上ないくらい落ち込んでいた。特に矗の母さんはやつれ果て、今までの半分くらいに縮んで見えた。花ちゃんの顔からも表情が消えていた。幼いなりに兄の死を理解しているらしい。

緑川一家に見守られながら、僕と母さんは焼香をして合掌した。

仏壇には矗の遺影が飾られていた。こちらに明るい笑顔を向けている。いくつも並んだお供え物の傍に、白い箱が置かれていた。

僕は何も思わないようにした。この一週間、今まで通り過ごしたせいだろう。特に難しいことではなかった。チャイムが鳴ったのを合図に合掌を止める。矗の父さんが緩慢な動作で立ち上がり、玄関へと向かった。

「来てくれてありがとうね」

顔を引き攣《つ》らせながら、矗の母さんが言った。母さんが一瞬で泣き出し、いたわりの言葉をかける。僕は畳の目を見つめながら、二人の話を聞いていた。

「夢遊病とか、そういうののせいかなって、最近は思うようになったの」

「そんな」

「事件性はないって、警察の人が言ってたの。運転手の人たちもみんな謝りに来てくれて、申し訳ない申し訳ないって、泣きながら……」

ううう、とハンカチで顔を覆う。

「轟ね、最近眠れないって言ってて、朝は朝で辛そうだった。どっかが悪かったのよ。こんなことになる前に、病院に連れて行けば」

「駄目、自分のせいにしちゃ駄目よ」

「でも、こんなことって……ああ、ああ」

遂には畳に丸くなる。花ちゃんも泣き出す。僕はその様子を眺めていた。事故だ。だから可哀想だとは思うけれど、それだけだ。それしか思ってはいけない。

轟の母さんと花ちゃんが落ち着いた頃、「え、あれ？」と弱々しい声が、廊下から響いた。しばらくして轟の父さんが首を傾げながら入ってくる。熨斗紙《のしがみ》がかけられた、小さな茶色い箱を手にしている。菓子折だろうか。

「どうしたの」

「いや、知らない人が来て、お悔やみ申し上げますってコレを」

「入っていただいて。芳名帳に書いてもらわないと」

「そうさ。だからそう思って入れたんだよ」彼は虚ろな目で、「そしたらいなくなってた。どうぞって入ってもらって、廊下の方向いて、そんで振り返ったらもう――消えてた」と、また首を傾げる。

「外には？」

「いなかった」

「ええ？　何それ」

「さあ」

轟の父さんは三度首を傾げると、困った顔で手にした箱を見つめた。軽く振るとガサガサと音がした。中身はさほど詰まっておらず、硬いものが入っているらしい。

轟の母さんは無表情で床に視線を落としていたが、やがて我に返って訊ねた。

「中身は何って？」

「そんなの訊けないよ」

「……え？」

「だから中身」

不穏な空気が和室に漂った。

「……誰なの？」

「知らない。若い女の人だった」

「どんな？」

「髪は結構短かったよ。喪服じゃなかったけど、黒いハイネックのセーターと、黒のジーンズ。あれだよ、あれに似てる」

轟の父さんは芸能人らしき名前を挙げたが、僕には分からなかった。轟の母さんにも思い当たるところはないらしい。

険しい顔をしていた母さんが腰を浮かした。「不審者じゃない？」と小声で言う。

「この季節、増えるでしょ」

「そんな風には見えませんでしたよ」

「ねえ、開けてみて」母さんが言った。自分で提案しておいて嫌そうな顔をしている。轟の父さんも嫌そうだったが、その場に腰を下ろし、熨斗紙を剝がす。いつの間にかみんな箱を囲むように座っていた。

轟の父さんが、こわごわ箱を開けた。僕を含めたみんなが一斉に顔を近付ける。

入っていたのは牛乳キャップだった。

ざっと見た限りでは五十枚かそれ以上ある。表面には会社のロゴマークと住所と「牛乳」「公正」の文字がプリントされている。大半はうちの学校と同じものだが、何枚かは違う。うちの学校のはオレンジ色で印刷されているが、そうでないものは紫色だ。デザインもロゴも全く異なっている。

「なんだ、これは」

最初に口を開いたのは轟の父さんだった。拍子抜けしたような、怒ったような口調だった。牛乳キャップを一枚摘まみ上げる。

「平らだな」

目と鼻の先で何度も裏返して確認する。彼の言うとおりだった。そのままなら周囲が表側に曲がっているはずなのに、完全に平らにしてあった。

大人たち三人は一様にしかめっ面で顔を見合わせた。僕も緊張を覚えていた。

不意に花ちゃんが箱に手を突っ込んだ。「あっ」「こら」と大人たちが言う間に、牛乳キャップの下から白い紙片を引っ張り出す。

紙片は便箋だった。丁寧な字で、こう書かれていた。

〈拝啓　緑川様
突然失礼いたします。

ご子息の轟さんが何度も夢に現れました。名前を名乗り、弔って欲しいと泣きながら頼むのでお伺いさせていただきました。事情があってお宅に入ることは辞退させていただきますが、ご容赦ください。

牛乳キャップは夢で轟さんが欲しがっていたものです。近所の小中学生に頼んで持ってきてもらいました。平べったくして欲しい、と頼まれていたのでそうしましたが、理由は分かりません。

一つだけ、轟さんから言付けがあります。

「牛乳キャップを集めて欲しい。集めれば集めるほど、恨みを晴らしやすくなるから」

これも意味は分かりません。

不合理なことだとは重々承知しておりますが、何度も繰り返し夢を見るうちに、いてもたってもいられなくなり、この度このような形で失礼させていただきました。

気分を害されたのであればお詫び申し上げます。

轟さんの冥福を心よりお祈り申し上げます。　敬具　尾羽加奈子《おばかなこ》〉

誰も何も言わなかった。花ちゃんが「つまんない」と駄々をこね始める。新たな不安が湧き上がるのを感じながら、僕は黙って状況を窺っていた。

四

轟の両親は女の人について調べたけれど、何も分からなかった。尾羽加奈子という名前の人は近所には住んでいない。それらしい容姿の女性がスーパーに勤めていたそうだが名前が違っていて、しかもかなり以前に辞めていた。半月後、母さんからそう聞いて僕はますます不安になった。

「牛乳キャップってさ」

母さんが夕食を作りながら、

「あれじゃない？　ほら光太郎たちメンコ作ってるでしょ、それで……」

「何言ってんの？」僕は殊更に嘲《あざけ》りの笑みを浮かべ、「そんなのとっくに止めたって」

「そうだったっけねえ。あ、じゃあ恨みを晴らすって何？」

「分からない。見当もつかない」

まっすぐ堂々と母さんを見つめて、僕は答えた。わざとらしいだろうか、と心配になったが、母さんは気付いた様子もなく「そっかあ」とフライパンに視線を向けた。

「困ったわねえ」

母さんは溜息を吐いた。

「どうなっちゃうんだろ。緑川さん、あんまり思い詰めなきゃいいけど……」

ぶつぶつと独りごちる。僕はテレビを点けて番組を見るふりをした。

母さんが心配するのは当然だった。

轟の母さんはあの手紙を読んで以来、近所の牛乳配達の営業所や、学校に頼み込んで、牛乳キャップを集めるようになった。遺骨の前に積み上げ、お供えしているという。母さんは一度だけその様子を見たそうだが、あまり多くを語ろうとはしなかった。今は電話だけで済ませているけれど、それもいつまで続くかは分からない。最近は夢で轟を見る方法をあれこれ試しているらしく、母さんはその報告をうんざりしながら聞いていた。

クラスでは工藤の号令のもと、牛乳キャップを集めて轟の母さんに送るようになった。

最初は全員分のキャップが集まっていたけれど、次第にその数が減っていった。飽きたからではなく、轟の母さんを不審だ、おかしいと思うようになったからでもなかった。奇妙な噂が、学校に流れるようになったからだ。

事故現場近くの歩道脇に花と線香が供えられている。

そこに牛乳キャップをお供えすると、どこからともなく男の子の声がする。

何かを訴えているように聞こえる。

きっと死んだ轟の声に違いない。

クラスで最初に噂していたのは女子のグループだった。僕が直接聞いたのも斜め後ろの女子からだった。あくまで噂だったが、いつしか実行する児童が現れ、その数が増えていった。怖いもの見たさならぬ、怖いもの聞きたさで。

最初は「何も起こらなかった」「がっかり」という声ばかりだった。だがそのうち、「呻《うめ》き声がした」「泣いていた」という証言が、ちらほら聞こえ始めた。確かめてみても「二組の奴の兄貴が」「三組の奴の従兄弟《いとこ》が」とまるで都市伝説のお約束のようで、「自分が聞いた」とハッキリ言う奴は一人も現れない。

だから嘘だ、デタラメだ。それこそ都市伝説だ。自分たちは今、都市伝説が生まれる瞬間に立ち会っているのだ。ただそれだけの話だ——と、僕は思うことにした。そうすることで決着を付けようとした。

ところが。

「牛乳キャップを供えるのは、学校全体で禁止する」

五月も下旬に差し掛かった頃、学級会で工藤が言った。

反対する声は上がらなかったものの、教室に一瞬で、苛立《いらだ》ちの空気が立ち込めた。

「理由は二つある」

工藤は人差し指を立てて、

「一つは環境美化の問題。単純に言うと、公共の場を綺麗にしましょうって話だ。ここ何日かで現場近くに足を運んだ人は？」

何人かが手を挙げ、うち一人を工藤が当てる。

「どうだった？」

「キャップが、こう……」

当てられた男子は手の動きで、四、五十センチほどの山を表現する。

「その周りは？」

「散らばってる」

「こないだ雨が降ったな？　どうなってた」

「ぐしゃぐしゃなのもあった」

「そうだ」

工藤はうなずいて、

「供えるだけ供えて、あとは放ったらかし。それはポイ捨てと何も変わらない。ご冥福をお祈りするならまだしも、みんなそんな気持ちでキャップを供えてるわけじゃないだろ。これが二つ目」

工藤はピースサインをしてみせる。

「緑川が亡くなった。悲しいことだ。先生も正直、気持ちが整理できていない。死んだ人がどうなるかなんて分からないせいもあるだろうな。生きること死ぬことって何だろう、そこまで考えて更に混乱する。でもな」

教壇から全員を見回して、

「今みんながしていることは、緑川に失礼だろ。声が聞こえるだの何だの、不謹慎もいいところだ。だから禁止する」

と言った。

「え、でも」

声を上げたのは小田だった。

「緑川くんのお母さんと妹、最近よく来てるみたいですよ」

彼は比較的、現場の近くに住んでいる。

「その度に牛乳キャップ大量にお供えして、ずっと手を合わせてる。それもダメなんですか」

「小田は見たのか」

「二回、いや三回くらい」

ふむ、と工藤は顔をしかめた。あからさまな揚げ足取りに、少し不機嫌になっているのが分かる。

「先生」

教壇のすぐ前の女子が手を挙げた。

「声が聞こえるって最初に言い出したの、妹さんだって説がありますよ」

「え？」

「一年の花ちゃん」と別の女子が言う。「その噂、わたしも聞いたことある。クラスで言い触らして、そっから広まったって」

「わたしも聞いた！」

「うちも」

「マジかよ」

「そういや俺、弟から聞いたわ」

ざわめきがクラスを覆う。一向に治まる気配がない。工藤は深刻な顔で考え込んでいたが、やがて「よし」と声を上げた。手を叩いてみんなを黙らせる。

「木元、賀田、角。三人で掃除しに行ってくれないか」

突然の提案に心臓が鳴った。

「仲、良かっただろ。親友の死――理不尽な別れについて、そうやって一度考えてみるのもいいんじゃないかな。あとでどう思ったか、聞かせて欲しい」

工藤は目を輝かせて言った。自分の思い付きを誇らしく思っているのが見て取れた。

「場所は分かるよな?」

「あ、いえ」浩介が答えた。「実はその、行ったことなくて。な?」と、目で合図を送る。僕と俊はうなずいて返した。他の二人は知らないが、僕は実際一度も現場に足を運んでいない。

「だよな。そんな不謹慎な遊びに参加したくないだろうし」

工藤は勝手に納得し、

「じゃあ、よろしく。お前たちのこと、信じてるから」

と言った。


事故現場は片側二車線の国道だった。周囲にはガソリンスタンドと回転寿司店、紳士服店が並んでいる。少し日が落ちてきたが、まだライトを点けている車は一台もない。

終礼が済んですぐ、外で使っていいホウキやチリトリ、ゴミ袋や軍手を工藤から受け取って、僕たち三人は重い足取りでここへ来たのだった。浩介も俊も、道中ずっと無言だった。

牛乳キャップが供えてある場所はすぐ分かった。

歩道の脇、ガードレールの支柱に菊が供えてあった。その周囲に無数の牛乳キャップが、出鱈目《でたらめ》にうずたかく積まれている。テレビで何度か見た、ラスベガスかどこかのカジノの映像を思い出した。

かなりの数の牛乳キャップが、周囲に散乱していた。ほとんどが黒く汚れ、いくつかは折れ曲がっている。

「どうなってるんだよ」

浩介が軍手を嵌《は》めながら零《こぼ》した。俊が呻き声で同意する。

いい機会だ。僕は二人に、焼香をした日の奇妙な来客と手紙のことを伝えた。浩介は次第に嫌そうな顔になり、俊はキャップの山から距離を取った。僕も話しているうちに、肌寒さを感じるようになった。

僕たちはかつてキャップでメンコを作って遊んでいた。

不審な女性の贈り物がきっかけで、蟲の母さんはキャップを集めるようになった。

それから少し経って、ここにキャップを供えると蟲らしき男子の声がする、という噂が校内に広まった。本気で信じている小学生がどれくらいいるのか知らないが、少なくない人数が試しているのは、目の前の光景を見れば分かる。

キャップは集まり、積み上げられ、崩れて散らかった。

そして「親友」だった僕たちが掃除を言い付けられ、今ここに立っている。

緩やかに、でも確かに繋がっている。

まるで轟に呼ばれているようだ。

肌寒さはいつの間にか、はっきりした寒気へと変わっていた。ここに来るまでは蒸し暑いくらいだったのに。気付けば濃い灰色の雲が、天を覆い尽くしていた。

「やっちゃおう」

号令をかけた浩介も、暗い顔をしていた。

キャップを手で掴み、ゴミ袋に放り込む。ホウキとチリトリは役に立たないと早々に分かり、固めてあったナップサックと一緒に置いておく。通りすがりの自転車の老人に「えらいぞ、頑張れよ」と声を掛けられ、少しだけ心が晴れる。

アスファルトにへばり付いたキャップは、定規で削り取った。道路に転がっているものは諦めることにした。大きなゴミ袋はあらかた一杯になった。

菊の花は白い紙で包まれ、青い瓶に挿してあった。既に枯れて、ミイラのようになった花束も見つかる。封筒が三通。雨に打たれて乾いたせいか、パリパリになって波打っている。

俊がまとめて摑み上げ、無造作に一通の封を開けた。僕と浩介も覗き込む。

〈安らかにお眠りください〉

大人の字でそう書かれていた。

〈なくなった人へ　天国でしあわせになってください〉

二通目は小学校低学年の子供が書いたものらしい。
僕は何も思わなかった。浩介も俊も、無表情で便箋を見ている。
三通目の封筒を開けようとした時、「あれ」と俊が言った。表を指で示す。目をこらすと、うっすらとだが宛名が書かれているのが見えた。

〈お　さん　母　花へ〉

僕たちは顔を見合わせた。誰宛なのか予想が付いたが、だとすると意味が分からない。
浩介に急かされて、俊が中身を引っ張り出した。

白い紙が二枚。見覚えのある字が並んでいた。

〈僕はいじめられたので、自殺します。ここで車にひかれて死にます。

木元浩介　賀田俊　角光太郎
この三人が、まず僕を仲間はずれにして、持ち物を隠したり、無視したりしました。悪いうわさを流して、クラスで孤立させられました。お金も全財産の七万二千六百円全て取られました。なぐるけるは見えないところだけにされました。

この前「花を連れてこい」と言われたので、花を守るためには死ぬしかないと思いました。今までされたこと、言われたことの具体的な日付は二枚目に書いてあります。

悔しい。もっと生きたかった。あいつら許さない〉

遺書だった。誰がどう見ても轟の書いたものだった。

二枚目には一枚目よりずっと小さな字で、僕たちのしたことが記されていた。順序立てて、余すところなく。

「うっ！」

強烈な悪寒と吐き気がして僕は口を押さえた。俊が手紙を取り落としそうになり、浩介がその場で硬直する。遠ざかっていた車の音が再び聞こえ始める。

有り得ない。どうしてこんなところに。それも今になって。

疑問が記憶を呼び覚ました。

緑川家で見た、謎の手紙を思い出した。尾羽加奈子なる女性が、夢で轟に聞いたという言葉を。

「牛乳キャップを集めて欲しい。集めれば集めるほど、恨みを晴らしやすくなるから」

このことを言っているのか。

轟の恨みが、怨念がこの遺書を書いたのか。

浩介は真っ青になっていた。俊は震えてさえいた。逃げ出そう。手紙を捨てて、すぐにここから離れよう。そう思った時。

「こんにちは」

小さな可愛らしい声がして、僕たちは同時に飛び上がった。

轟の母さんが立っていた。茶系統の服にオレンジ色のスニーカーが目立つ。傍らでは花ちゃんが花束を手にしている。

「あら、掃除?」

後ろ手で封筒を隠している俊が、「はい」と作り笑顔で答えた。声が上ずっている。

「先生に言われました。それに僕たちもその、変な噂でこんな風になるの、ちょっと嫌だったんで」

浩介が早口で捲し立てる。彼女は曖昧な笑みを浮かべていたが、やがて言った。

「わたしとしては、そのままにしてて欲しいんだけどな。ねえ花ちゃん」

「うん」

「なんでですか」僕は訊ねた。「声が聞こえるとか、呻き声がするとか、不謹慎じゃないですか。人が死んでるのに、軽い気持ちで……」

「その人たちはそうかもね。でもわたしたちには有り難い話よ」

彼女は化粧っ気のない痩《こ》けた頰《ほお》に手を当てると、

「いっぱい溜まると、願いが叶う気がするの」

「願い？」

「そう。あの子が何で死んだか、本当に事故だったのか」

「おしえてくれるの」

花ちゃんが引き継いだ。

「だってね、ここにキャップたまったらこえがきこえる、なにもかもぜんぶわかるって、おねえさんがいってたもん」

「お姉さん……？」

「ふふ、この子ったら」

轟の母さんが歯茎を見せて笑った。花ちゃんの頭を優しく撫でる。

「ちょっと前からこんなこと言い出してね。多分、子供にしか見えない妖精さんみたいな、そういうことだと思うんだけど。イマジナリーフレンドっていうのかな」

「ちがうもん、ほんとにおねえさんにきいたもん。スーパーにおかいものにいったときにね、サービスカウンターの」

「はいはい。あら、ごめんなさいね」

僕たちを優しい目で眺め回して、

「でもね、ちょっとわたしも信じてみようかなって思ってるの。その〝おねえさん〟の言うこと」

「…………」

「ごめんね、混乱させちゃったね。掃除、続けて。うん」

彼女は綺麗になった歩道を悲しげに見つめ、

「また、たくさんになったら来るわ」

と言った。花ちゃんが花を供え、手を合わせる。

僕たちは二人が去るまで、その場を一歩も動けなかった。

轟の声がするという噂は、いつまで経っても絶えなかった。

掃除して半月後、再び現場に牛乳キャップが山と積まれていた。僕たちは自分たちで工藤に申し出て、キャップを回収した。

このとき新たな遺書も見つかった。最初の遺書をコピーしたもので、オリジナルのモンスターが描かれた平らなキャップが同封されていた。どちらも細かく切り刻んで、キャップと一緒にゴミ袋に入れて処分した。

僕たちは毎日のように現場に足を運び、それとなく遺書の有無を確かめるようになった。轟の母さんと花ちゃんも現場に現れ、三回に一回は花を供えるようになった。自分たちでキャップを集めること、供えることは止めていたが、それでも彼女たちにとっては何の問題もなかった。

噂が大々的に広まったからだ。

近隣の小中学校はもちろん、高校にも大学にも、大人たちにも、「キャップを供えると声がする」という噂は伝わっていた。おまけに新たなバリエーションまでできていた。「呻き声がする時は不幸になるが、笑い声なら幸せになる」「午前零時に供えると向かいの歩道に少年の人影が見える」「年齢と同じ枚数のキャップを供えると悪縁を切ることができる」……

どれだけ掃除をしても、一週間も経たないうちにキャップの塔がいくつも建つようになった。遺書も現れた。見つけてはすぐさま捨て、見つからない場合は時間を空けて再び見に行く。

見かねた工藤がクラス全員で持ち回りで掃除することを提案したが、僕たち三人はあれこれ理由をつけて断った。親友として当然だから、贔屓を忘れたくないから――そんな風に言った記憶があるが、はっきりとは覚えていない。

いつしか恐怖が消えなくなっていた。ずっと恐れ続けるようになった。学校にいても家にいても、授業中も食事中も、土日でも夏休みでも、布団に入っている間も。こうしている瞬間にも「最後の一枚のキャップ」が積み上げられ、遺書が現れるかもしれない。そう考えると喉がカラカラに渇き、冷や汗と動悸が止まらなくなった。夜中にこっそり家を出て、一人で掃除を済ませることも増えた。浩介も俊も同じだった。

放っておいてもいいじゃないか、とは思えなかった。もっと言い逃れできないこと、取り返しのつかないことが起こる――そんな予感が拭い去れなくなっていた。

浩介は日に日に痩せていった。目だけがぎょろりと目立ち、歯と歯の隙間が次第に広がり始めた。俊は逆に日に日に太り、首と顎の区別が付かなくなった。

二学期が始まって早々、俊が壊れた。

授業中に突然訳の分からないことを叫び、止めようとした工藤を殴り倒した。僕は後ろから摑みかかったが、投げ飛ばされて机に頭をぶつけた。ひとしきり暴れた俊は教室を飛び出し、靴も履き替えずに学校を出て行った。

俊の遺体が警察に発見されたのは、三日後の朝のことだった。

轟の事故現場でうつ伏せになり、牛乳キャップに顔を埋めて死んでいたという。死因は窒息死。何十枚ものキャップを口に含み、何枚かは喉の奥の方まで達していた。

当然のように新たな噂が生まれた。

現場の前を通り過ぎる時は、必ずキャップを供えなければならない、さもないと二人の霊に追いかけられ、呪い殺される。頭の割れた少年の霊と、首が顔より太い少年の霊に。供えるキャップは四枚だ、いや十枚だ、十三枚だ——

僕たちを嘲笑《あざわら》うかのような噂が広まるのを、僕は呆然と聞いていた。止めることなどできなかった。

もはや僕も浩介も、キャップと遺書を処分するためだけに生きていた。それ以外のことは何も考えられない。朝に家を出れば学校へ行かずにその足で現場に向かい、人々が供えたキャップをすぐさま拾い集める。轟の母さんを見かけたら近くの電信柱に隠れてやり過ごす。工藤から家に連絡があり、母さんにも父さんにも怒られ、理由を訊かれたが、僕は何も答えなかった。こうしている間にもキャップが。そして遺書が。何度も無意識に立ち上がり、遂に父さんに怒鳴られた。母さんは泣いていたが、いつから泣いていたかは分からない。そういえば家の中が散らかっているな、生ゴミのにおいもするな、と思ったが、それが何を意味するのかも理解できなかった。

ある寒い夜のこと。

両親が寝静まったのを見計らって家を出て、現場に行くと浩介がいた。この寒いのに薄手のパジャマ一枚で、腹ばいになってキャップを掻き集めている。僕は声をかけてゴミ袋を開いてやった。後は黙々と掃除を進める。

遺書はなかったが、恐怖は少しも治まらなかった。むしろますます酷《ひど》くなった。

これは夢かもしれない。次の瞬間にはベッドで目覚めて、その時にはここに遺書があって、しかも通りかかった誰かが見つけるかもしれない。考えるだけで絶叫したくなった。泣き喚いて走り出したくなった。

大型のトラックが何台も、轟音《ごうおん》を立ててすぐ目の前を走り去った。

「なあ」

浩介が囁いた。死人のような顔で僕を見つめる。

「二抜けしてもいいか」

またトラックが走り抜ける。身を切るような冷たい風が頬を打つ。

「ダメだ。絶対にダメだ」

僕はきっぱりと言った。

浩介は舌打ちしたが、それだけだった。挨拶もせずに踵《きびす》を返し、ゴミ袋を手に歩き出す。

彼が視界から完全に消え、僕は何気なく対岸――向かいの歩道に目を向けた。瞬間、胃が持ち上がるような感覚に襲われる。

女の人らしき人影が立っていた。

街灯に照らされている。黒い服、白い肌に短い髪。

顔は分からないが、まっすぐこっちを見ているのは分かる。手にしているのは封筒だろうか。だとしたら、あの分厚さは束だ。これはどういうことだろう。思考しようとしてもできない。頭にあるのは次に遺書が来る日、キャップでここが一杯になる日のことだけだった。

気付けば女の人はいなくなっていた。

僕はしばらくその場に佇《たたず》み、やがて歩き出した。

背後が気になって仕方ない。

振り返ればキャップの山ができているのではないか。遺書が届いているのではないか。確かめたい。だがもし本当にそうなっていたら、もう心が保《も》ちそうにない。

家までの道のりを歩く間、僕は怖くて泣いていた。

第四話

怪談ライブにて

一

　客席はあらかた埋まっていた。盛況といっていいだろう。ビールでほろ酔いの頭に、周囲のざわめきが心地よい。

　ちりん、と鈴の音が鳴り響き、照明が落ちた。

　風のような音、唸り声のような重低音が、スピーカーからごうごうと流れ出る。ダーク・アンビエント。怪談イベントには相応《ふさわ》しいBGMだ。ざわめきが少しずつ収まっていく。

　ステージに照明が灯った。下手《しもて》から出演者が現れる。手にはマイク。全部で四人。互いに少し離れて座布団に正座する。一人一人が登壇して話すのかと思ったが、座談会形式らしい。

不安になった。私見だが、この手の形式は怪談に全く合わない。無粋《ぶすい》な合いの手や突っ込みを入れ合い、和気藹々《わきあいあい》と語り合うような、生温《なまぬる》いイベントは御免だ。そんなものを怪談と呼びたくもない。ピンと張り詰めた中で、客に向かって刃物のように突きつけられる、静謐《せいひつ》で怪しい物語を聞かせてくれ――

と、再び照明が落ちた。

四人のうち一人だけにスポットライトが当たる。黒いポロシャツを着た、年齢不詳の痩せた鼠《ねずみ》のような男だった。挨拶をし、自己紹介をし、会の説明をして先ずは自分が話すと告げる。

嬉しくなっていた。これなら緊張感のある、求めていた怪談イベントになるだろう。もっとも、何より肝心なのは怪談の語りと内容なのだが――

鼠のような男は語り始めた。

いや、こういう時に相応しい表現があった。心の中でそっと言い換える。

第一の男は語る、と。

※　※

今は「怪談師」って肩書きでやらせてもらっていて、怪談だけで生活できています。

全国を回って、こうやってライブで怪談を披露する。その手の雑誌やサイトに怪談を書く。本を出す。僕はまだ共著が二冊だけですけど。

以前は何をやっていたかというと、介護士です。老人ホームで高齢者の方々を介護していました。

ホームにもいろいろありますが、僕が最初にいたところは率直に言って、劣悪でした。建物も設備もボロボロ。飯は残飯みたいな代物だし、スタッフの入れ替わりは激しい。所長と古参のスタッフは……おっと、この話は止めておきましょう。怪談じゃなく悪口大会になってしまう。

介護士の仲が険悪だと、ご老人の皆さんにも伝染《うつ》るんでしょう。入居者同士の喧嘩なんてしょっちゅうだったし、逆に部屋に引き籠もっちゃう人もいる。入居者と介護士にだって信頼なんか生まれようがありません。だってそもそも、ほとんどの介護士がご老人を人間扱いしてませんでしたから。

徘徊やなんかが酷《ひど》い人は拘束しちゃおう、そういうのがまかり通っていました。僕は三年勤めて一度もやりませんでしたけど、拘束しようと思わなかったと言えば嘘になります。そうでもしないと仕事終わらないし、給料のこと考えたら縛り付けとくらいが妥当じゃねえかって、ふっと脳裏をよぎるんですよ。ヘトヘトで仕事してる時なんかにね。

当然、悪い噂は立つわけです。まあ噂っていうか事実なんですけど。だから「そんなんで構わない」人たちが、自分の親だったり、祖父ちゃん祖母ちゃんを入所させる。邪魔なジジイとババアを死ぬまで預かっといてもらおうってね。

なので誰も面会になんか来ません。「死ぬまで連絡してこないでね」って、入所初日に言ってくる奴らもいます。血の繋《つな》がった息子とか娘がですよ。

心が荒《すさ》みました。人間不信になりました。そこを辞めなかったら、次のホームがちゃんとしてなかったら、人として間違った方向に行っちゃってたかもしれませんね。

次の職場は、高級って言っていいところでした。ハードではありましたけど人間の暮らし、人間の仕事ができました。入居者もいい人ばかりでしたし、毎日誰かしらに、お子さんとかお孫さんが会いに来てましたし。

だからって理不尽で不可解なことは起こらない、とは限らないんですよね。

入居者のHさんから聞いた話です。

そのホーム、できた当初はカラーセラピーを取り入れてたそうです。簡単に言うと各部屋の壁を塗り分けていた。家具の色も統一してね。感情を落ち着かせたり、優しい気持ちになったりする効果があるって。

まあ、時間が経つとともに「あまり効果がない」「どうも胡散臭《うさんくさ》い」ってスタッフも入居者も言い出して、軽くリフォームしたり新たに家具置いたりで、どっちらけになったらしいんですけど。「監修したセラピストが脱税で送検された」ってのも、盛り下がる理由の一つだったみたいで。

でも壁が薄紫の部屋だけはそのままで。家具も変わってなくて、全部薄紫に統一されてて。

「紫の部屋」って呼ばれていました。

そこに入った人が、必ず同じ夢を見る。

まっすぐな薄紫の廊下を歩いている。壁も天井も床も、ライトも手すりも薄紫。突き当たりだけが遠すぎて、何も見えない。

歩いていると、廊下がだんだん、だんだん狭くなる。腕もぶつかる、屈《かが》んでないと頭を擦《こす》っちゃう。そんなになっても「立ち止まる」「引き返す」って選択肢は思い付かない。夢ってそういうとこ、ありますよね。

とうとう這って進むようになって、それでもまだ狭くなる。手すりが腕に食い込んで痛い。膝も痛い。でもまだ狭くなる。

で、更に進んでくんですけど、あるところで遂に動けなくなるんです。

どうしようかなあ、困ったなあ。

どうやって前に進んだらいいんだろう。

おまけに何か蒸し暑くなってきたなあ。

そんな事を考えてるとね。

ゴーッ、って音が、ずっと前から聞こえてくるんです。お風呂の排水口に水が吸い込まれるみたいな音。

何だろう。何が来るのかな。

顔に汗をかいていた。いつの間にかびっしょりで、頬《ほお》を伝ってこう、顎《あご》から滴《したた》った。

汗は音もなく、まっすぐ前に――廊下の向こうに落ちていった。

そこでみんな、気付くんですよ。

どこでそうなったか分からないけど。

自分は狭い狭い穴に下向きに詰まって、遥か底の方を覗き込んでるってことに。

あっ。

と思った途端、ずるりと身体が滑った。

そこでみんな目が覚めるんです。

紫の部屋に入った人は、必ずこれを見る。毎日のように見る。部屋を替えてくれって言い出す。大抵は別の部屋の人が亡くなって、そこに移るってなって落着したそうなんですけど。

言い出さない人はある朝突然、ぽっくりお亡くなりになっちゃうんです。

カッ、と目を見開いて。

叫んでるみたいな顔で。

「目が覚めないまま、最後まで落ちちゃうんだろうね」

って、Hさんは言ってました。

僕がいた時にはもう、紫の部屋はなくなっていました。でもね、働いてた五年の間で、ある朝突然、ってお婆ちゃんが九人いて。

九人とも同じ部屋で。

九人とも同じ表情でした。

今はその部屋、倉庫になってるそうです。

※　※

男は深々と頭を下げた。会場の緊張が緩み、気怠《けだる》げな拍手が起こる。スポットライトが消え、静寂と暗闇に包まれた。

まずまずの怪談だった。声も高すぎず低すぎず、聞き取りやすかった。枕が長いうえに重いのが気になったが、心霊用語、オカルト用語に頼らない語りは好みだ。表向きは怪現象らしい怪現象は起こっておらず、ただ偶然が重なっただけとも受け取れる、控え目な味付けもいい。

話の核であるところの夢もなかなかだ。

落下する。

狭い所に押し込められる。

果てしない。

どれも夢の要素としてはありふれているからこそ、しっかりとした現実味がある。これが幽霊らしき女性が現れる夢だったら、ずっと虚構めいて聞こえただろう。その女性がいかにもな台詞を吐きでもしたら完全に興ざめしていたはずだ。

ただ終盤はどうだろう。「同じ表情でした」のところで、彼は目を見開き、口を開き、驚愕とも恐怖ともつかない表情を作った。これは無粋というものだ。語りだけでも充分に、死に顔を想像することはできた。実にもったいない。

スポットライトが別の男性を照らす。サングラスに口髭《くちひげ》、カンカン帽に甚兵衛《じんべえ》。胡散臭《うさんくさ》いことこの上ない容姿の中年男だった。

第二の男は語る。

二

今の子って心霊スポットに行かないらしいじゃないですか。まず車を買う金がない。酒も飲まない。移動手段もなければ、その場のノリで「行ってみようぜ」ってなる機会にも恵まれていないわけです。

代わりにみんなどうするか。心霊スポットに突撃する芸人や、ユーチューバーの動画を見るんです。家で一人で、スマホで。おかしいとは言いませんが、何だかなぁ。

事故物件の怪談が流行るのも今だからでしょう。訳ありでも安い家に住むしかない人、確実に増えてます。若い人もそうですけど、お年寄りも。僕みたいな中年だって他人事じゃない。

怪談なんて、って人も世間には大勢いますけど、怪談こそ世相を映し出す鏡みたいなものだと思いますよ。

では、最近流行らない心霊スポットの話です。

二年前の夏です。会社の先輩と後輩と僕、計三人で宅飲みしてたら、そういう流れになりました。運転したのは僕です。もちろん僕は宅飲みの時からウーロン茶とオレンジジュースですよ。そこお間違いなく。フフ。

一時間くらい飛ばして、山奥を十五分くらい歩いたところにある廃墟。もともとは食堂兼住居でした。なんでこんなとこにってところにポツンとある。今は閉じちゃったハイキングコースの途中にあった、って知ったのは後になってからです。

廃墟って、最初に見つけるのが不良なんですよね。溜まり場にして、落書きしたり破壊したりで徹底的に荒らす。でもその廃墟は幸運にもそんなに荒れてなくて、一階の食堂のガラス窓も、すっかり曇ってはいましたが割れてるのは少なかったです。嬉しいのはガラスケース。埃《ほこり》を被った古き良きラーメンとかカレーとか、山菜そばなんかのサンプルが、懐中電灯に照らされて浮かび上がったんですよ。暗いし木が風でガサガサ鳴ってるしで怖いのは怖いんですけど、妙な味がありましたね。風情があるって言っていいのか分かりませんが。

先輩……当時もう五十とかだったのかな。その先輩が突撃部隊で、いきなり入り口を開けたんですよ。ガタンって、すごい音がして後輩と僕は飛び上がったんですけど、先輩は「おう」とか嬉しそうに言ってずかずか入ってっちゃって。慌てて追いかけて懐中電灯で照らしたんですね。

「やべえわ、これ」

って、思わずつぶやいてました。

朱ってあるじゃないですか。赤い墨《すみ》って言い方は妙ですけど、先生が習字にマル付ける時に使うやつ。

その朱で×とか◇とか、意味不明な記号がびっしり紙に書いてあって、それが壁にぶわーって貼ってありました。並んだテーブルの上も。カウンターも。よく見えなかったけど、厨房《ちゆうぼう》もそうだったと思います。貼ってないのは窓だけ。

それだけじゃない。壁のお品書きのパネルも全部、律儀に記号に書き換えられてて。上からテープ貼って、手書きで値段とか上書きしてる飯屋、ありますよね。あんな感じで、全部訳分からん記号に差し替えられてたんです。

怪文書。昔は電波ビラとか言ってたような。

懐中電灯向けたとこ、向けたとこ、全部がそれ。

動けなくなりました。後輩も小声で「帰ろう、帰りましょう」ってブツブツ言い出して、寒そうにしてるんですよ。夏ですよ。八月の暑い夜です。平気なのは先輩ただ一人でした。トイレのドア蹴破った時は本当に勘弁してくれって思いましたね。

二階には上がりませんでした。階段が腐って落ちてたからです。残念そうにしてたのは先輩だけで、僕はこれで帰れるぞってホッとしてました。不満そうな先輩を引っ張るみたいにして、食堂から出ようとした時です。

音がしたんです。

ぎい、ぎいって。天井から。

足音じゃない。規則的ではあったけど、もっと硬いものを押し付けるような、そんな音でした。あと重いもの。

そう、もの凄い重いのが分かりました。天井が揺れてたんです。埃、いや――あれは木《き》屑《くず》でしょうね。ぱらぱらと顔にかかりましたから。

不意に紙が一枚、はらはらって落ちてきました。それがこう、顔にふわっと。

ぎゃああああああ！

叫びましたね。

全力で逃げました。先輩も後輩も一緒になって山道を駆け下りました。車に乗ってエンジンをかけたまでは覚えています。次に思い出すのは自宅の布団の中で震えている自分です。

朝になっていました。

先輩がトイレから出てきて、「怖がりだなあ」と笑いました。後輩もすっかり落ち着いたみたいで、鼾《いびき》をかいて大の字で寝ていました。

これだけならよかったんですけどね。

それから数日して、先輩から電話がかかってきました。様子がおかしいんで訊いたら、ものすごく間を置いて、こう言ったんです。

「丸太みたいな女が枕元に立ってる」

意味が分かりませんでした。

丸太みたいってどういうことですか？　って訊いても要領を得ない。丸太でできた女なのか、肌や体形の比喩なのか。

ただ……怒ってる、とは言っていました。

もの凄くキレてる。目がつり上がって、口はへの字だって。唇を嚙んでる風にも見えるって。

「あれ以来、毎晩のように見えるんだ」

先輩は不安そうに言っていました。

冗談かとも思いましたが、違いました。そのうち職場でも、先輩は丸太女を見るようになったからです。「そこにいる」「うわ、出た」って、目を背けたり顔を覆ったり、怒鳴って殴り付けたりするようになりました。何もない壁とか、トイレの鏡とかをです。

絶対にあの食堂に行ったせいだ。間違いない。

僕と後輩とで、伝手《つて》を辿って何とかしてもらえそうな人に会いました。神社で清めてもらったり、お寺でお祓《はら》いをしてもらったり。

市井《しせい》の霊能者に除霊してもらったりもしました。僕らの責任だと思って、お金は出し合いました。

でも、丸太女は先輩から離れませんでした。

最後の方では丸太女が耳元で、ずーっと意味不明のことをブツブツ喋るようになったそうです。それが辛くて眠れないと言っていました。

きっとあの、食堂の貼り紙の記号なんだろうな。直感でそう思いました。納得したって言い方は変かもしれません。

遁走《とんそう》っていうんですかね。急に逃げるようにどこかに走って行ったり、騒いだり。物忘れも酷くて、全然会話が噛み合わなくなることもしばしばでした。

職場でも奇行が目立って、どうしようって後輩と途方に暮れてた矢先、先輩はいなくなりました。

奥さんとお子さんも一緒に。

今もどこにいるかは分かりません。

※　※

しん、と緊張を帯びた静寂が漂い、それが落ち着くとともに拍手が起こった。男はカンカン帽を脱いで、客席に頭を下げる。

面白いと思った。

怪談で怪談について語る、言わばメタな手法はあまり好みではないが、これは特に気にならなかった。

丸太女の曖昧さはよかったし、食堂の心霊スポットも新鮮だった。霊的な何かがいるのか。貼り紙の意味は。かつての住人の仕業だろうか。だとして丸太女との関係はどのようなものか。いろいろ想像させる。寺社や霊能者が出てきた辺りで、因果を探る方に行くのかなと思ったら、決してそんなことはなく安心した。

気になったのは途中の大声だ。あんなものは余計だ。驚かせることと怖がらせることは違う。そう線引きをしておかなければ怪談は間違いなく堕落する。その辺りに無頓着ではなさそうだから確信犯なのだろうが、まったくもって意図が理解できない。と、不満がないではなかったが、概ね楽しむことができた。胡散臭い、という印象を抱いたことを反省しよう。

別の男にスポットが当たった。

小太りの青年だった。黒縁眼鏡に黒いTシャツ。弛《たる》んだ顔つき。何度か咳払《せきばら》いをして、彼はマイクを握り直した。

第三の男は語る。

三

……いや、普通に聞き入っちゃった。とても怖かったです。どっちも地縛霊の仕業なんでしょうけどね。それもかなり上級の。

ここにもいましたね。トイレで便器と壁に挟まるようにして立ってる、赤いワンピースの女の人。え？　見えませんでした？　見た？　見たよね、ほら。いるんだよ。やっぱり。

でもまあ、俺の見立てだと地縛霊じゃない。浮遊霊。人が集まってるから、そんで怪談なんてやってるから、興味持ってふらふらって来ちゃった。悪意もそんな大したもんじゃない。こういう場っていうか座っていうかがさ、呼んじゃうんだよね。引き寄せの法則？違うか。ハハ。

どうも、言わずと知れた天才怪談師、吉田圭太郎《よしだけいたろう》です。

こないだ、ファンの方から聞いた話をします。

あ、今日も来てくれたの？　ありがとね。うん、初お披露目。うん、またね。打ち上げでまた話そう。よろしく。

ファンの方のお母さんが小学生の頃の体験。

土曜日だった。今は休みだけど当時はまだ学校があった。午前中だけだけどね。で、お母さんは学校から帰ってお昼食べて、そのあと皿洗いしてた。シンクに届かないからお風呂の椅子を持ってきて、それに乗ってこう、泡だらけになって。

窓が開いてた。

庭はあるにはあったけど狭くて、外に見える中で一番目立つのはコンクリートブロックの塀だった。ちょうど目の高さに塀のてっぺんがあった。

洗いながらふと、お母さんは顔を上げた。

塀の向こうをスーッと、女が横切っていった。

長い髪を引っ詰めにした、白い顔の女の人だった。痩せてて鼻が尖ってるってこと以外は、特徴があるわけでもない顔だった。

随分背の高い人だなあ、ってお母さん、そん時は思ったけど、すぐ洗い物に戻った。

で、お皿を片してる時。

スーッと、また女が通った。

同じ女だ。でも様子が違う。確かめようと思ったら見えなくなった。窓枠の外に行っちゃったんだね。

道に迷ったのかな、困ってないかな。

そう思って椅子から降りようとしたら、またスーッと通った。

今度はハッキリ見えた。

顔が、茶色くなってきてた。

最初見た時は白かったのに。今は違う。それに膨らんで見える。ボコボコって不自然に。

考えてみたらスーッて移動するのも変だ。まるで歩いているんじゃなくて、滑っているみたいだった。

そこで初めて、彼女はゾーッとした。動けなくなった。

椅子の上で立ったまま震えていると、またスーッと、女が来た。

真っ黒に萎《しな》びてた。

髪も抜け落ちて、残ったのもボサボサに乱れてた。頬が破れて、赤と黄色の汁が垂れてた。震えながら「腐った西瓜《すいか》みたいだ」と思った。

女が見えなくなった。

次に来たら危ない、と直感した。

お母さんは窓を閉めた。鍵もかけた。転がるように椅子から降りて、居間に向かった。

ちゃぶ台の前でパパさんがテレビを見ていた。ママさんが雑誌を読んでいた。

二人の間に、巨大な干物みたいなのが揺れてた。扇風機に揺られてユラユラって。

あっ、と思ったら、ラップ音がした。

そこで失神して、気付いたら月曜の朝だった。起き抜けはすっかり変な体験のことを忘れてて、土曜の半分と日曜を損したって気持ちの方が強かったんだって。

思い出したのは朝ご飯を食べてる時。まざまざと甦《よみがえ》って、その場で吐いて寝込んだ。熱もすごく出た。

治ったのは一週間後。

特に後遺症だったりはなかったけど、それまでストレートだった髪がもの凄い癖毛になってたんだって。

危なかったね、お母さん。

これね、ポイントが二つあって、まず一つ目。この女って、ぐるぐる家の周りを回ってたってことでしょ。

これはある種の悪霊特有のパターンなんだ。最初にこうやらないと家の中に入れない。そういう性質を持ってる。大昔はね、真っ直ぐにしか進めない怪異ってあったらしいんだけど。ぐるぐる土地を回って段々近付くってのも、結構あるの。うん。何回か見たことある。

二つ目。最後は親御さんの間に揺れてたってやつね。つまりあなたの祖父母にあたる人だけど。

間違いなく関係ある。二人の同郷の人だったりで、強く二人を恨んで死んだ女性がいるね。うん。これはあなたの話を聞いてピンと来た。

あなたのお母さんがある種の身代わりになったおかげで、悪霊は満足して帰ったんだよ。でも油断しないで。

お母さんはご存命だよね。また来るかもしれないから。身の回りに変なことがあったら連絡してくれる？　対処法教えるから。

うん。よろしく。

皆さんも、これに類することがあったら教えてください。どうもでした。

※　　※

かなりの拍手が起こったが、全く以《もっ》て意外だった。信じられなかった。お粗末な代物としか思えなかったからだ。

地縛霊、浮遊霊、ラップ音。

心霊用語を多用するのがまず有り得ない。

それらしい用語で説明を試みること自体が怪談の語りとして間違っているし、そもそも何の説明にもなっていない。浮遊霊だから何だというのだ。地縛霊だからどうだというのか。ラップ音とはどんな音なのか。何も言っていないに等しい。語り手の怠慢だとしか思えない。

おまけに最後の最後で解釈を始めるのもおかしい。しかもその根拠が「自分は霊のことが分かる、霊が見える」という馬鹿げた選民思想だ。そんな話を聞きたくてここに来ているのではない。ファンの方だけを向いた内輪の語りにも閉口した。

素材は本当に素晴らしいのに、実にもったいない。

川の向こう岸を移動する怪異、塀の上を走る怪異、ガラス障子越しに見える、廊下を歩く足……こうした類例は多々あるが、塀の向こうを回ってくるパターン、しかも現れる度に腐っていくパターンは初めてだ。クライマックスも、後日談も繋がっているのか繋がっていないのか、そのあやふやさが怪談的で味わい深い。

先のカンカン帽や鼠男なら、さぞ心胆《しんたん》を寒からしめる話になったことだろう。惜しい。

実に惜しい。

ビールを買って戻ってくると、ちょうどスポットライトがまた別の男を照らした。
六十、いや六十五くらいの白髪の老人だった。浅黒い肌と無精髭、アロハシャツにダメージジーンズ。誰なのかはすぐ分かった。
第四の男は語る。

四

どうも、ここのオーナーやらせてもらってます、しがないサブカルジジイ、ロックジジイです。

始まる前にここの怪談師のお三方とお話ししてたら、どうしても話したくなって、やや飛び入り参加、させてもらいました。話さなきゃいけないような気もしましたしね。

あるんですよ。こういう仕事してると、語れる怪談の一つや二つは。上手く話せるかは分かりませんけどね、まあ年寄りの思い出話だと思って、聞いてやってください。

今はここ、いろんなイベントやってますでしょ。トークライブ、上映会、上演会、今回みたいな怪談会。一昨日は古本の即売会。なんでもアリになってる。逆にバンド、音楽のライブは珍しい。住み分けってことかもしれませんね。

でも、三十年以上前はいわゆるな感じのライブハウスだったんですよ。ロックバンドやパンクバンドが多くて、ビジュアル系が出始めた頃。

例えば有名なあのバンドですとか。解散しちゃいましたけど、ほら、ボーカルとギターは違うバンド組んで今も現役ですよね。そう、あの人たち。

今じゃ小説家としても活躍してる彼のバンドとか。

今や役者やナレーターとして有名な彼のバンドとか。

ここでワンマンやったら一丁前、みたいな空気は正直ありましたよ。ああ、一応申し上げておきますが、これは自慢じゃありませんから。そこまでのハコにしたの、先代ですもん。私は縁があって後を継いだだけ。

その先代から聞いた話です。

人気のインディーズバンドがいたんですよ。

ギターボーカル、ベース、ドラムのスリーピースで、メジャーデビューも間近ってやつら。ここでも三度ライブをやって全部満席。外に出待ちが大勢押し寄せて、近所から苦情が来るほどでした。

ところが。

ギターボーカル――駿《しゅん》って名前でした――が、実家の青森に帰った翌日、大酒飲んで夜中に外に飛び出しちまったんですよ。山奥で見つかった時には、酷い凍傷を起こしていました。

両手の指を合わせて七本、無くしてしまいました。左を四本、右を三本ね。

デビューするってんで有頂天になってた。でも、自業自得と言うにはあまりにも大きすぎる代償でした。

絶望した彼は病院から遁走して、そのまま行方が分からなくなりました。足の指も半分ほど失い、遠くにはいけるはずがない。みんながそう高《たか》を括《くく》ったのが災いしたようです。

デビューの話は当然立ち消えになりました。バンドも解散しました。駿はリーダーで、人気もトップでしたから。

それからしばらくしてからですね。

このハコに、こんな噂が立つようになったんです。

ライブの最中、駿がステージの袖に立っている。

白い顔で、ほとんど指のない手を差し出して、バンドの演奏を見ている。

客席にいた、という証言もあります。同じ姿勢で、ずっとステージを見上げてたって。

これ、意味分かりますかね。

ええ、そうです。客はステージに、バンドは客席に、駿の姿を見てしまうってことです。

今もたまに、「見た」って人はいます。

ユビナシなんて妖怪みたいに呼ぶ人もいる。確か呼び名の発祥はネットですよ。読んだことあります？　そうです、そのユビナシが駿です。

オーナーも替わり経営方針も変わり、バンドのこと駿のことを知る人がいなくなっても、彼は未だに、ここでうらめしげにみんなを見てる。そんな目撃証言が今もあるんです。

それこそが「いる」証拠なんじゃないか。

霊だの何だののことは明るくないですが、そんな風に思います。

私も何度か目撃しましたよ。

あっ、と思った時にはもういなくなってる。

でも……なんていうかな。こう、怖いとか、不気味とかいうよりも、そうだな……

ごめんなさい。全然オチが付けられませんでした。

でも、正直な気持ちを言いますとね。

客席をね、あんまりしっかりとは見られないんですよ。いるかもしれないって思うと、ねえ。

※　※

会場全体が静まり返っていた。

誰もが拍手を忘れ、息を殺してさえいる。

私は動けなかった。喉がからからに渇いていたが、手にしたビールを飲もうという発想がしばらく浮かばなかった。

やがて誰かが手を叩いたのを契機に、一斉に皆が拍手した。指笛を鳴らす者もいた。

照明が灯り、ステージの四人がフリートークを始めても、拍手はなかなか鳴り止まなかった。

心配そうに周囲を見回している客がいる。

ステージから目を背けている客もいる。

壇上の四人も互いを見ていて、客席に目を向けようとしない。

フリートークがいつの間にか終わっていた。ステージの四人が客に怪談を募っていた。

遠くで手が上がり、黒縁眼鏡が「はい、そこの方」と当てる。

壇上に上がったのは黒ずくめの、髪の短い女性だった。端に新たに用意された座布団に正座し、マイクを受け取る。スポットライトが白い肌を照らす。

女性は無表情で、ハンドルネームらしき名前を名乗った。簡単に四人と挨拶を交わしてから、姿勢を正す。

女は語る。

五

怖がらせ屋の木下久美子《きのしたくみこ》さんをご存じでしょうか。

ネットロアです。この手の話はこういう場では敬遠されがちですが、少し我慢してお聞きくださいい。もちろん、ネットに書かれていたことをそのまま話すような、愚かな真似はいたしませんので。

誰かを怖がらせて欲しい。

恐怖させて欲しい。

戦慄《せんりつ》させ、息の根を止めて欲しい。

そんな願いを叶えてくれる不思議な存在。それが木下久美子さんです。調べたところ、ネット以前に遡《さかのぼ》ることもできる、かなり歴史ある噂のようです。

短命に終わった少女向けマンガ雑誌『てぃーんず・ショコラ』昭和五十七年二月号の投書欄に、彼女の名前があります。今となっては考えられませんが、当時は多くの雑誌に文通コーナーがありました。誌面に自分の住所を公開し、文通を希望する若者が大勢いました。『てぃーんず・ショコラ』当該号には、「怖がらせ屋の木下久美子さん、連絡くださ い」という投稿があります。送り主は十六歳の高校生でした。

くだらない、とお思いですか。そうでもないようですよ。ネットに拡散されたことで、今は老若男女が、木下久美子さんに依頼をするようになりましたから。

例えば東京都練馬区東寿町にお住まいの五十一歳の主婦、吉田さんは、こんな依頼をとあるネット掲示板に送っています。

木下久美子さん木下久美子さん。

息子の圭太郎を怖がらせてください。

定職に就かないのは本人の生き方でしょう。所帯を持たないのも時代の空気でしょう。ですが、霊が見えるだの悪霊を祓えるだのと嘘を吐いて、天才怪談師を名乗り、あやしげな集まりに出入りして、困っている人を騙してお金を巻き上げる、言いなりにさせるのは人として間違った行いです。

おまけにその集まりで披露するのは、他人様の本に書いてあったものを切り貼りしたものばかり。まるまる拝借したことも数知れずです。怪談の世界で盗作は許されるのでしょうか。

そうしたことばかりしていると、罰が当たりそうで怖いのです。

木下久美子さん木下久美子さん。

どうか圭太郎にお灸《きゅう》を据えてやってください。

……どうなさいましたか。

どうしてそんなに汗をかいていらっしゃるのですか。

続けますね。

木下久美子さんに依頼する人はいろいろな動機を抱えています。思いを抱いています。先の吉田さんのように軽く懲《こ》らしめてやりたい、といったものから、恨みを晴らしたい、苦しめてやりたい、といったものまで。

例えば、かつて三鷹市に住んでいた倉沢《くらさわ》さんの奥様は、夫である倉沢さんを亡くし、悲しみに暮れていました。恨みを抱いていました。

倉沢さんは若年性の認知症でした。それもレビー小体型認知症という、若年で罹患するのは珍しいものでした。幻覚を見る、幻聴が聞こえる。この認知症の大まかな特徴です。ですが、ご家族がそれを知った時には、もう倉沢さんは死を待つのみでした。病院に連れて行くのがあまりにも遅かった。

何度も病院に連れて行こうとしたのに、会社の後輩に止められたからです。

これは現代医学では治らない。この世のものではない存在の仕業だから。心霊スポットに行って、危険なモノに取り憑《つ》かれたせいだから。あなたは分からないだろうけど、僕たちに任せてください。

何度説明しても後輩は頑として譲らず、倉沢さんをお祓いに連れて行き、霊能者に見てもらいました。支払うお金はどんどん増えましたが、すべて倉沢さんの貯金から出しました。後輩は一銭も出さなかったと言います。

……違う？

後々出すつもりだった、とりあえず支払ってもらっただけ、というか倉沢さんがおかしくなったのだから倉沢さんが払うのが当然？　払おうと思ったら行方を晦《くら》ました？

理由が錯綜《さくそう》しているのはどうしてですか？　弁解なら奥さんとお子さんになさってください。そちらにいらっしゃいますよ。そう、あの後ろ。消火器のところに、顔だけ見えますよね。並んでいる二つの顔。

ええ、あの顔だけの。

続けますね。

木下久美子さんへの依頼は、大きく分けて「復讐」「懲戒」の二つ、ということになります。しかしもちろん、これらに含まれないものもあります。

例えば悪ふざけ。

こっくりさんや、最近はひとりかくれんぼが当てはまるんでしょうね。それこそ心霊スポットに足を運ぶのと似た感覚で、その地に伝わる作法、ネットで語られる手段を講じてみる人も、少しですがいます。

港区の老人ホーム「オミナエシの園」の入居者の皆さんがまさにそうでした。ねえ、前にクビになった矢野《やの》という介護士がいただろう。

ああ、入居者を殴ったり蹴ったりしてクビになったやつね。

あいつ、いま怪談師ってのやってるらしいよ。

元介護士って肩書きをあざとく使って「福祉としての怪談」なんて打ち出してね。

汚い商売だねえ。

一発殴ってやりたいねえ。

そうだ、ちょっとおまじないをかけてやろうよ。怖がらせ屋って言うんだけど。

ああ、暇つぶしには丁度いいかもね……

と、こんな具合にお願いした。

どこへ行かれるんですか。

誰もあなたのことだとは言っていませんよ。どうして震えているんです？　わざとじゃない？　手が当たっただけ？　最初にいたところでは当たり前だった？　ごめんなさい、何の話でしょう。

……続けます。

先の二つに当てはまらないもの、そして極めて特殊なケースが一つあります。

それは真相の究明です。

弟が不可解な怪我を負って失踪した。雪国育ちで冬山の恐ろしさはよく知っているはずなのに、夜中に山に分け入り、酷い凍傷を負った。絶対におかしいのに、泥酔したせいだと警察は取り合わない。周りもみんな自業自得だと言う。誰かが弟を陥れたのだ。失踪せざるを得ないほどの大怪我を負わせたのだ。私はそう確信している。

木下久美子さん、木下久美子さん。

いるはずがないのは分かっているが、どうか弟について教えてくれないか。おそらく生きてはいないだろう。とうに死んでいるだろう。だがせめてあの怪我の真相を知りたい。

最近、都内のあるライブハウスに弟らしき霊が出ると聞いた。上京して通い詰めたが、霊の目撃談は伝聞ばかりで確証が摑めない。もちろん自分で見ることもできない。オーナーに訊いても「そういう話もあるらしい」とそっけない。怪談イベントにも足を運んだが、結果として怪談が好きになり、多少詳しくなってしまっただけだ。

木下久美子さん、木下久美子さん。

どうか真相を教えて欲しい。

そしてもし霊が実在するなら、ひと目でいいから弟に会わせて欲しい。おかしな依頼だが、だからこそあなたにしか頼めないのだ――

そんな依頼です。

駿さんはどうしてここに居着いているか、ご存じですか。そちらの方、お心当たりはありますよね。

そう、あなたのせいだからです。

ボーカルだったあなたが抜けた途端にバンドが人気になった。しかもデビューして大きく羽ばたこうとしている。それが許せなくてあなたは駿さんを夜中の雪山に連れ出して、再起不能にさせた。帰省する彼を車で追いかけて、近くでチャンスを窺《うかが》っていたなんて、実に大した執念と憎悪、計画性です。

それをさも他人事のように、未来あるバンドを襲った悲劇であるかのように語るとは、どういうおつもりですか。

違う、とおっしゃるのですね、あなたも。

では駿さんに訊ねてみましょうか。

そこにいますよ。

客席からあなたを見ている。

三本しか残っていない指を、こうやって前に突き出して。

どうですか駿さん。

あなたを外に連れ出したのは、こちらの——

「やめろ!」

オーナーの怒号とともに照明が落ちた。あちこちから悲鳴が上がる。ステージ上が慌ただしくなり、客席にも混乱が伝播する。私も思わず立ち上がるが、酩酊しているせいか大きくバランスを崩す。

ぐっと誰かに腕を摑まれた。からくも転倒を免れる。

「すみません」

私は詫びながら、摑まれた方の腕に何気なく目を向けた。

「あっ」

私は叫んだ。

肘《ひじ》の辺りを摑む、黒ずんだ二本の手。

片方は薬指しかなかった。

もう片方は人差し指と中指しかなかった。

顔は間違いなく私の弟、駿だった。服も血色も、最後に病室で見た時のままだった。

駿は長い髪を揺らして手を離すと、ゆっくりステージの方へと向かっていった。

第五話

恐怖とは

一

ノックの音がした。

それも耳元で。

有り得ない、と思った次の瞬間、俺は自分が車の運転席に座っていることを思い出した。おまけにガタガタと全身を震わせている。

辺りは真っ暗だった。酷《ひど》く寒い。

インパネのデジタル時計は、午前二時三十分を示している。

俺は伸び放題の髪を掻き上げ、視界を広く取った。

閉ざされたドアウィンドウのすぐ向こうに、女が立っていた。夜の闇より更に暗い、黒いコートを着ていた。顔はよく見えないが、困っているのが分かる。

彼女がガラスを拳《こぶし》で軽く叩いた。先のノックの音はこれか。

そうだ。俺は徐々に思い出した。暖房をつけ、ウィンドウを開ける。

「どうかされましたか。お電話しても全然お出にならないので」

女は開口一番訊ねた。ドアポケットに突っ込んであったスマホを確認すると、何件もの着信が残っていた。

〈恵子《けいこ》（情報屋）〉

「ああ」と俺は言った。

女は口だけで笑って、「はじめまして、菊池《きくち》さん」と言った。

「実際にお会いするのは今回が初めてですからね」

「そうだったな」

俺は砕けた口調で応じた。

雑誌編集部と契約している俺たちカメラマンにゴシップ情報を売り、報酬を得ている情報屋。大多数は男だが、女もいないわけではない。恵子のようなタイプは珍しいが。

「で？　どうした」

「欲しい写真が撮れたのか、気になったもので」

「それはカメラマンが心配することだろ。お前ら情報屋には関係ない」

「とんでもない。信用を得ることも仕事のうちですから」

「たしかにな」

「それで、如何《いかが》ですか」

「まだだ。まだ撮れない」

「わたしもお付き合いして構いませんか。どうせ暇なので」

彼女は皺《しわ》くちゃなレジ袋を掲げた。缶コーヒーと菓子パンがうっすら透けて見えた。

「お好きなところにどうぞ、恵子サン」

俺はドアロックを解除した。

恵子は車の後ろを回り込んで、助手席に腰を下ろした。細身の黒いパンツに黒い靴。首に巻いていた黒いマフラーを取って、レジ袋を俺に差し出す。

「どうも」

俺はそっけなく礼を言って、レジ袋からあんパンとブラックの缶コーヒーを取り出した。飲み食いをしながら、黙って外を眺める。車内が暖まってきたせいか落ち着きを取り戻し、暗い中でもそれなりに外が見えるようになっていた。

寂れた住宅街の一角だった。車はコインパーキングに停めてある。道路を挟んだ向かいには何棟もの古いアパートと、古い戸建てが並んでいる。

うち一棟の、とりわけ古いアパートが目に留まった。運転席からだと少しピラーが邪魔だが、向こうから見ればこちらの顔が隠れる。そんな位置にある木造のアパート。

あそこに今をときめく人気俳優、塚田崇《つかだたかし》がいる。

三十三歳。少しだけ隙のある美形。四年前に人気タレントと結婚し、今は二児の父親だ。愛妻家でイクメンで俳優としても一流。バラエティ番組ではヨゴレも厭《いと》わない芸人魂もある。ゴシップが全くないではないが、完璧でないところが逆に人気なのだろう。各種好感度ランキングで何年も上位に君臨し続けている。

その塚田崇が、あのボロアパートを借りている。

女を連れ込むためだけに借りたという。それも「壁が薄くて隣に筒抜けなのが逆に盛り上がる」という下世話な理由で。

今まで誰も知らなかったのが不思議だが、こうしたことはままある。都内とはいえこの辺りの人間は想像だにしていないのだろう。近所に時折、あの塚田崇が女と来ている、などとは。

俺は足元の一眼レフを引っ張り出した。長い望遠レンズが付いている。アパートのすぐ前の街灯。あの前を通る時を狙えば、はっきり顔が撮れるはずだ。念のために動画も回している。ダッシュボードに固定してあるハンディカムの液晶画面には、録画中を示す赤い丸が表示されている。

この情報をくれたのは他でもない恵子だった。

俺以外には教えていないらしい。周囲には他誌のカメラマンらしき人影も、それらしき車もない。

そう。俺だけが摑んだ特ダネだ。

低俗なゴシップだが間違いなく話題にはなるだろう。塚田もその家族も相当なダメージを受けるだろうが、それは自業自得というものだ。それに彼をバッシングし引きずり下ろすのはマスメディアと、それに煽《あお》られた一般大衆だ。俺は最初に燃料を投下するだけ。

「温度を上げては如何ですか」

恵子が訊ねた。

暖房のことだと気付いたのは数秒後で、自分が震えていると気付いたのは更に数秒後、悪寒と言っていいほどの寒気に襲われていると知ったのは、また更に数秒後だった。恵子は姿勢良く前を向き、機械のように菓子パンとコーヒーを口に運んでいた。

暖房の温度を上げたが震えは収まらなかった。

「怖いんですか」

恵子がまた訊いた。

中性的で整った顔だった。涼しげな目でまっすぐ俺を見ている。

「そんなわけないだろう。年のせいだ。もう四十だからな」

「それにしてはお若くていらっしゃいますね」

「どこがだよ。多少服装がカジュアルなだけだ。それに……」

「わたしは怖いですよ」

こちらの話を聞いていないかのように彼女は言った。失礼な、と思いつつ俺は訊ねた。

「何が怖い？」

「初対面の男性と二人きりで密室にいるので」

「馬鹿言うな、あんたが入ってきたんだろう」

「その理屈が怖いです。自分から入ってきた、これは性交渉をしていいというサインだ、と受け取る男性もいるので」

「話がズレてるし、俺には当てはまらないな。怖いならとっとと帰ればいい。差し入れは有り難いが、引き留めるつもりはないいんだ」

「いますよ。どうせ暇ですし」

「おいおい」

俺の苦笑を意に介した様子もなく、恵子はゴミをレジ袋に放り込んで、持ち手を結んだ。

「少しは寒気が収まりましたか？」

俺は自分の手を見つめた。少しだけ震えている。寒気はほとんど感じなくなっているのに。

「怖いんじゃないですか？」

「何が？」

「こんなところで張り込んで、赤の他人である芸能人の私生活を暴く。これから自分のすることで、おそらくは彼を破滅に追い込んでしまう――その罪悪感のせいで、ですよ」

「罪悪感ねえ」ふん、と俺は鼻を鳴らした。「そんなものがあったら、芸能カメラマンなんかやってるわけないだろうが」

「怖くないんですね」

「当たり前だ。それに怖がってるのはあいつらの方だろう。あいつらが俺を恐れてるんだ。俺みたいな人間にヤバい瞬間を撮られることをな。写真が世間に出回れば破滅するかもしれない、いや、きっと破滅するってな」

「なるほど。たしかに」

恵子は納得したように言うと、自分の顎《あご》に触れた。何かを思案している。

件《くだん》のアパートを眺めていると、再び彼女が口を開いた。

「……では、菊池さんが怖いものは何ですか？」

「何だよそれ」

「雑談ですよ。それに海千山千のパパラッチが何を怖がるか、単純に興味がありますしね」

「パパラッチねえ」

仕事の実態はパパラッチそのものだが、改めてそう呼ばれると、どうも居心地が悪い。

それに妙な雑談だ。決して楽しいわけではない。しかし恵子を邪険にするのは憚《はばか》られた。

俺は少し考えて言った。

「仕事がなくなることかな」

二

恵子が〝食い気味に〟訊いた。明らかに興味がある風だった。こんな訳の分からない話題が好きなのか。

「と言いますと？」

俺は端的に説明する。

「この年じゃ再就職は絶望的だ。アルバイトだって雇ってくれるところは少ないだろう」

「というと……例えば腕を怪我してシャッターを押せなくなったり、目が見えなくなったり」

「そんな大げさな目に遭わなくても、単純に『週刊幻冬』から契約を切られたら、それだけでもう詰む寸前だ。ただでさえカメラマンなんか供給過多だしな」

「このスクープで膨大な報酬を得たら？」

「膨大にもらえるわけがない」

「仮定の話ですよ。それに海外のパパラッチは実際にそんな一攫千金を狙っている。ハリウッドセレブのあられもない写真に何千万、何億と払うメディアが実在するからです」

「一生遊んで暮らせる金があったらってことか？　それなら怖くはないな」

「であれば」

恵子はちらりとこちらを見て、

「菊池さんは困窮することが怖いんですね」

と、簡潔にまとめた。

「まあな」

異論はなかった。

守るべき家族もいない。友人らしい友人も、恋人もいない。財産もない。となれば求めるのは自分の、今まで通りの慎ましい生活くらいで、それが脅かされる困窮は怖い。同じ回答をする人間は大勢いるだろう。同業者はもちろんだが、世界中に何千万といるに違いない。

そうですか、と恵子は口元に手をやった。

「幽霊やそういったことより？　マスコミの世界では意外と真面目に受け取られているようですが」

「そういうヤツもいることはいるな。カメラマンもそうだし、俳優も。いや、ひょっとしたら多数派かもしれない。〝出る〟って噂の劇場もあるし、実際見たってヤツもいる」

「そうなんですね」

「ああ、芸能――ショービジネスの世界ではそれなりにリアルなのかもな」

「でも菊池さんは……」

「全然」

俺は缶コーヒーを飲み干した。

嘘偽りのない事実だった。子供の頃は多少怖がっていたが、成長するにしたがって何とも思わなくなった。

「不思議ですね」

恵子はこれ見よがしに首を傾げた。

「何が」

「怖がる人が傍にいると怖くなりませんか。何を怖がっているかは関係なく、怖いという感情が伝染するんです」

「まあ……そういうこともあるかもしれんが」

俺は納得しながらも、

「逆もよくあるだろう。周りがビビってる、怖がってるのを見てスッと冷静になるパターン。酒で潰れてるヤツを見ると酔いが醒めるのと一緒だ。俺はかなりの確率でそうなる」

「なるほど、理解はできます」

「あんたはどうなんだ。訊いてばっかりじゃないか」

「最初に言いましたよ。ここにいる時点で充分に怖い」

「俺はそんな気を起こさないよ。それに、嫌なら帰れって言ってる」

「菊池さんがどういう人で、どう思っているかは関係ありません。わたしの感情の問題なので」

「あのな」

「そして感情をコントロールするのは簡単ではありません。表情や態度に出さないことはできても、意図して感情を抱かないようにするのは困難です」

当たり前のことではあったが、改めて言葉で聞かされると妙な説得力を感じた。

コーヒーの缶をドリンクホルダーに置いて、俺はシートに身体を預けた。前の道路を古びた軽トラが通り過ぎていく。アパートに目を凝らしたが、何の変化もない。

ダッシュボードに転がっていた煙草のボックスケースが目に留まった。銘柄はマールボロ・ゴールド。

「まあ、感情の問題だよなあ」

無意識にそうつぶやいていた。ケースを摑んで、一本引き抜く。ライターを探すがどこにも見当たらない。

「感情ですよ」

冷ややかに恵子が言って、百円ライターを差し出した。

「ゴキブリが怖い人に『背中にゴキブリが付いてる！』とでも言えば、面白いくらいに怖がってくれます。実際にゴキブリが背中に付いてなどいなくても。他の感情も同じですが、恐怖は事実と何の関係もない。だからこそ架空の物語やキャラクターに恐怖できる。ホラーしかり、怪談しかり。どうぞ。助手席に転がっていました」

「悪いな」

俺はライターを受け取ると、少しだけ窓を開けて煙草に火を点けた。肺に煙を送り込む。

「……確かにな。俺もまだ困窮してるわけじゃない。現に契約は継続してもらってるし、今もこうして仕事してる。それでも明日になったらひょっとして、って考えると……怖いな。そういう職業だと分かっててても」

煙草の先端からゆらゆらと立ち上る煙を眺める。

そう、カメラマンの仕事は儚い。一流の、それこそ写真集をコンスタントに出し続けているような巨匠連中でも、同じ恐怖を抱いているかもしれない。スマートフォンの普及で高性能なカメラと画像編集アプリが多くの人間の手に行き渡った。誰もが金も労力も時間もかけず、それらしい写真を撮ることができるようになった。おかげでカメラマンの存在意義はますます薄れている。芸能カメラマンが一人いなくなっても、誰も困らない。

そう、菊池祐介《ゆうすけ》なるカメラマンがこの世からいなくなったところで、誰も——

「仰るとおりです。そこが一番肝心ですから」

どこか嬉しそうに恵子が言った。

言葉の意味が飲み込めず、俺はしばらく考えた。だが何も分からない。

「俺が何かいいことを言ったのか？」

「ええ。一本いただいていいですか」

「どうぞ」

ケースを差し出すと彼女は一本引き抜いた。ライターで火を点けてやる。恵子は慣れた仕草で煙草を咥《くわ》え、深々と吸い込んで紫煙を吐き出した。

「……で？　俺は何を言った？」

「〝明日になったらひょっとして〟です。そうやって想像することが恐怖——怖いという感情を掻き立てる。恐怖とは何か、その最も妥当な答えです」

「明日について考えることが？　そうは思わんが……」

「時期は関係ありません。よくない予想をすることが、ですよ」

彼女は再び煙草を咥えた。

恵子の言葉が少しずつ腑に落ちていた。

そうだ、恐怖とはよくない予想をして湧き起こるものだ。

俺の場合は「明日困窮するかもしれない」。

恵子の場合は「次の瞬間に襲われるかもしれない」。さっき恵子の喩《たと》えに出てきたゴキブリを怖がる人間も、「襟《えり》から背中に入ってくるかもしれない」「目の前に現れるかもしれない」といった予想をしてしまうから、いもしないゴキブリを恐れてしまうのだ。

「お化け屋敷も、ホラー映画も同じですよ。あの角を曲がれば何かと鉢合わせるかもしれない。登場人物の後ろから何かがいきなり襲いかかってくるかもしれない。優れた恐怖演出とは客にそうした予想、予感をさせる技術のことです」

「まさに〝きっと来る〟ってわけか。あの歌、ホラー映画の主題歌として正解だったんだな」

「そうです。もちろん安易に既存のパターンをなぞれば、今度は『お約束だ』と笑われてしまう。わたしも笑うでしょう。『そうなるかもしれない』という予想は、『そうはならないで欲しい』という願望とセットでなければ恐怖には至らないんです。作り話でも、現実でも」

「なるほどな。つまり――恐怖とは嫌な予感である」

俺は箴言《しんげん》めかして言った。

少し乱暴ではあるが間違いではなさそうだ。恵子の論も納得がいく。困窮を恐れるのはまだ困窮していないからだ、という理屈も立てられる。実際に貧しくなれば日々の生活をするのがやっとで、恐れる余裕などないだろう。抱く感情は大部分が絶望で、きっと恐怖ではない。同じことはあらゆるケースに言える。

暴力を恐れるのはまだ殴られていないからで、強く殴られてしまえば苦痛でそれどころではないだろうし、痛くなければ「なんだ」で済む。そういえばDV加害者は被害者に対して、実際に殴るより「殴るフリ」を効果的に使うという。相手に恐怖を抱かせて萎縮させ、支配下に置くわけだ。

死を恐れるのは死んでいないからだ。死んでしまえば脳も機能を停止し、感情を抱くこともなくなる。そう、死者は何も感じないはずだ。恐怖も、憎悪も。

恵子は少しだけ目を細めて、

「まあ、妥当でしょう。よく聞く『分からないから怖い』よりはマシです」

と言った。

三

「知り合いのマニアがそんなこと言ってたな。本棚には背の黒い本がびっしり並んでる筋金入りだ。あと『得体が知れないから怖い』とも」

「後者はさっきの『よくない予想』と矛盾しませんよ。対象の得体が知れないからこそ『何か訳の分からないことをしてくるかもしれない』と予想してしまうわけですから」

「いま『訳の分からない』って言ったな? じゃあやっぱり『分からない』も恐怖——怖いって感情には大事な要素ってことにならないか? それこそ死が怖いのは、死んだらどうなるか誰にも分からないからでもあるんじゃないか?」

先の思索を思い出して俺は問いかける。そうだ。人間は死んだ後のことを何も知らない。何も分からない。

「それだって『死は得体が知れない』と言えば済みますよ」

「言い方の問題なのか?」

「ええ、そうです。『分からないから怖い』は要約として乱暴すぎるんですよ。思慮深い愛好家ならそんな大雑把なまとめ方はしません。例えば菊池さん」

恵子はアパートを指した。

「塚田崇が何時に出てくるか分かりますか?」

「いや。分からない」

「怖いですか?」

「全然」

俺は苦笑しながら答えた。

「怖くない――恐怖を掻き立てない分からなさなんて腐るほどある、って言いたいんだな？」

「ええ」

「全くだ。理解はできる。でも喩えがしようもない」

「それは失礼しました」

恵子は微笑んで煙草を吸った。

俺も煙草を吸いながら様子を窺《うかが》う。

この女はまだ俺が怖いのだろうか。俺が襲いかかるのではないか、と予想して恐怖を抱いているのだろうか。先の微笑は強がっている風にも、演技で浮かべている風にも見えなかった。

ドリンクホルダーに嵌《は》まっている空っぽの灰皿に煙草を押し付けて消し、少しシートを倒す。退屈はしていない。当初よりリラックスできている。余裕すら感じられる。

もう一本吸おうか、とボックスケースに手を伸ばしたところで、

「ですが」

恵子が口を開いた。

「得体が知れないから怖い、というのはいい表現ですね。取りこぼしも少ない」

「まあ、そうかもな」

「今のわたしがまさにそうですし」

「え?」

心臓が鳴った。

恵子は煙草を摘まんだ手で灰皿を示した。

「見ていました。灰皿の中身はさっきまで空でした。ここでずっと張り込んでいるのに、さっきまで一本も吸わなかった、ということですか」

「それは」

「暖房もつけずにこの寒い中、ずっと車内にいるのも変です」

「いや、つけっぱなしだとガソリンが減るだろ。それに電気が点いてると怪しまれる」

「この車の全ての窓にはスモークフィルムが貼ってあります。昼間だったとしても外からは何も見えないでしょう」

「ああ、そうだったな、つい……」

「嘘ですよ」

恵子が少しだけ声を張った。

冷たく突き放すような声だった。

彼女はこちらに視線を向けると、

「スモークフィルムは貼ってありません。それ以前にフロント周りのガラスの透過率を変えることは、法令で厳しく制限されている。たしか七十パーセント以上必要なんでしたっけ」

シートから背中を離すと、

「それに……あなたはこの血のにおいを気にする様子もない。室内にずっと漂っていますよ。灯りを点けたら血痕が見えるかもしれませんね」

頭上のルームライトに手を伸ばす。

「やめろ」

俺は彼女の手首を摑んだ。

彼女は猫のような目で俺をまっすぐ見返して、

「あなたは菊池祐介さんではありません。わたしの知らない、得体の知れない誰かです。それなのに彼のフリをして、こうしてここに張り込んでいる。あなたは――どなたですか？　本物の菊池祐介さんは今どこに？」

と、静かに訊ねた。

「……トランクの中にいるよ。物言わぬ死体になってね」

俺は観念して言った。

ふっ、と身体が軽くなった。全身を縛り付けていた緊張が解け、大きな溜息が漏れる。

そうだ。

俺は芸能カメラマンの菊池祐介ではない。

俺は、俺は――。

前髪を掻き上げて恵子に見せた。

「白状するよ。俺は塚田崇。菊池がスクープを狙ってた、まさにその相手さ」

笑みが零《こぼ》れるのが自分で分かった。

そうだ。俺は塚田崇だ。菊池祐介ではないし、芸能カメラマンでもない。

恵子と顔を合わせてからついさっきに至るまで、彼を、彼の職業を演じていただけだ。

難しいことではなかった。十八の頃からずっと仕事で続けていることを、今回も同じようにやってみただけだ。

役になり切ること。

自分でない誰かに徹底して没入すること。

もちろん記憶や過去の体験は自分のものだ。それを適度に織り交ぜて、いかにもな役柄を嘘のないように作り上げる。それこそ俺がずっと続けてきた仕事だ。特技と言ってもいいし、生き甲斐の一つと言ってもよかった。

俺は演じることで今の俺を、塚田崇を築き上げてきたのだ。

「どうしてこんなことを？」

あまりにも当然の質問を恵子が投げかけた。

「簡単さ。すっぱ抜かれたら、塚田崇が終わるからだよ」

「動機は口封じ」

「ドラマ風に言えばそうだね」

「表情もそうですけど、喋り方まで変わるんですね」

「そうなの？　特に意識はしていないけど」

俺は事実を言った。

途端に口の中、喉、胸に不快感が押し寄せる。煙草だ。塚田崇は煙草を吸わない。

咳き込んでいると、恵子がコートのポケットから新たな缶コーヒーを引っ張り出した。

「ぬるくなってますけど、どうぞ」と、こちらに差し出す。

「ありがとう」

俺は遠慮無く受け取って、口と喉を洗い流すように中身を飲み干した。

「……だから震えていたんですか」

恵子は得心した様子で言った。

「ああ。シンプルだろ。人を殺して、この先どうしようって。そしたら震えが止まらなくなってね。女はいつの間にかいなくなってたし。連絡しても出ない」

ジャケットのポケットから自分のスマホを取り出してみせる。ひび割れたタッチパネルに、血が付いていた。

「刺したんですか」

「ああ。包丁でね。とりあえず一緒にトランクに隠してある。死体とは別のところに捨てなきゃ、ってとこまでは考えたんだけど」

「実行に移せなかった」

「変だろ。殺すのはできたのに」

「殺人は大事《おおごと》ですからね」

恵子は落ち着き払っていた。怖い怖いと言うわりには、全く態度に出ていない。思い起こせば最初からずっとだ。情報屋をやるような人間だから、常人とは感覚が違うのかもしれない。

「どうする？　通報する？」

俺は単刀直入に訊ねた。大切なことだ。それ次第で彼女をどうするかも変わってくる。

「いいえ」

彼女はきっぱりと答えた。俺を恐れ、怯えて口にした風には全く感じられない、淡々とした口調だった。表情も今までと同じだった。

「どうして？」

「今は訊きたいことがあるからです。それが分かるまでは何もしません」

「へえ」

変わった女だ。

黙って先を促すと、彼女は煙草の火を消して言った。

「事務所に頼めばいくらでも揉み消してくれるんじゃないですか」

俺は思わず声を上げて笑ってしまう。

この状況で、通報を保留してまでする質問がそれか。あまりにも馬鹿げた問いだが、意外と関係者でないと内情は把握できないのかもしれない。

笑いが収まってから俺は答えた。

「そうもいかないよ。最近は人気に翳《かげ》りが出てきたし、若い子もどんどん台頭してる。ほら、ほら、世間じゃゼロゼロ組なんて呼ばれてる、ウチの事務所の三人」

「二〇〇〇年生まれの俳優さんたちですね、田螺村珠光《たにしむらしゅこう》、和久瞬《わくしゅん》、志水壱甲《しみずいっこう》」

「そう」

「だからって……」

「俺がいるのがどういう世界かは知ってるよね。注目されてるうちはわんさか人が寄ってきて、そうでなくなれば途端にサッといなくなる。事務所だって厄介払いするチャンスを窺うようになる。庇《かば》ってくれなくなる。現に今そうなりつつある」

「ここで醜聞《スキャンダル》が出回れば決定的だと？」

「うん」

俺はうなずいた。

「恵子さんの言うとおりだよ。俺は怖かったんだ。恐怖したんだ。菊池の撮った写真が出回って、メディアからも世間からも非難囂々《ごうごう》で、仕事も家庭も何もかも失って路頭に迷う。そんな未来が来ると思うと……」

言葉にすると改めて怖くなった。

これまでの数々の出来事が脳裏をよぎる。

友達と竹下通りを歩きながら「スカウトされたりして」と冗談を言い合っていたら、本当にスカウトされたこと。名刺を渡され、親に見せて連絡してみたこと。

初めて行った事務所。端役で出た初めてのドラマ『恋する回鍋肉《ホイコーロー》』。初めて端役で出た映画『泥人形』。下積みらしい下積みは少ない方だろう。初めての主演ドラマ『ピースサイン！』。主演映画『愛、見果てぬ夢に』。

ブレイクしたのは映画『オリオン・キラー』の、主人公の医大生役だった。最後の最後で生きたまま殺人鬼にバラバラにされる悲惨な役どころで、映画は良識ある大人からは非難された。一方で塚田崇は広く世間に知られることとなった。

映画賞で主演俳優賞をもらった記憶。ドラマの台詞が流行語になった思い出。バラエティで頑張ったら放送翌日ネットニュースになったこと。共演した女優と密会したことは何度かあったけれど、当時の事務所は全力で守ってくれた。

美穂《みほ》と出会ったのは情報バラエティ『女王様のディナー』に番宣で出た時だ。彼女はレギュラーだった。他愛のない雑談で意気投合し、そのまま交際して結婚した。二人の生活は幸福だった。女遊びは度々したけれど、本当にただの遊び、大人の関係だ。今回だってそうだ。

子供のこと、子供のいる我が家のこと。

アパートの窓からこの車に気付いたこと。裏を通って車に近付き、菊池に窓を開けさせ、問い詰めたこと。説得したこと、泣き付いたこと。

だが、彼は俺を嘲笑《あざわら》った。

「まあ、有名税ってことで諦めな――って、菊池は言ったんだ」

「そうですか」

「今まで散々いい思いしてきたんだろ、ともね」

「陳腐ですね」

「そういうもんさ。現実なんて意外と陳腐にできてるんだ」

「かもしれません。もう一本いただいても?」

「俺のじゃないよ」

「そうでしたね」

彼女はボックスケースを摑み、自分で煙草を引き抜いた。

何回か紫煙を吐いた後に、彼女は訊いた。

「それを言われて、カッとなって殺した？」

「カッとはしてないよ。さっきも言ったけど、怖かったんだ。本当に怖かった。う、失うことが……」

失うことが怖くて——

まるでJポップの歌詞だ。下らないもの、俗っぽいもの、空虚なものの代名詞みたいなJポップでも、真実を表現することはあるのだ。

可笑《おか》しくなってにやついてしまったが、笑い声が出るまでには至らなかった。こんな状況で笑うこともあるのだな、と少しばかり驚いたものの、それなりに納得もしていた。一つのシチュエーションで一つの感情しか抱けないほど、人間は単純にできていないのだ。

「どうしたらいいと思う？」

俺は訊ねていた。

大きな過ちを犯した、駄目で弱くて情けない男の声色と顔を、ほとんど無意識に作っていた。

「全然分からないんだ。だからこんな時間に、こんなところで震えることしかできなかった。アパートに帰った方がまだマシなのに、赤の他人の、血にまみれた車に乗って……」

「そうですか」

恵子は無感情に言った。すぐさま、

「自首するのが一番いいと思いますよ」

無難な答えを口にする。

「現状は明らかに隠蔽しようとしていますよね。隠蔽は高い確率で死体遺棄、場合によっては死体損壊の罪に問われます。どんな罪もそうですが、取り繕ったり開き直ったりすると、刑罰はより重くなる」

「そういうものかな」

「そういうものです」

やはりそうなるか。

俺は溜息を吐いた。

考えていなかったわけではない。ただ、その選択が同じ結果を招くことは明らかだ。殺人犯として裁かれ、罪を償っても、今までのような生活が送れるわけではない。塚田崇が積み上げてきたもの、全てを失うことになる。それでは困るのだ。だから自首という選択肢はない。

「やっぱり分からないよ」

俺はそう零した。収まっていた震えがぶり返していた。カタカタと踵《かかと》が床を打ち鳴らしている。

「菊池に撮られて、よくない未来を想像して怖くなった。だから殺した。今も想像して怖い。でもそれだけじゃない。どうしていいか分からないから怖いっていうのもある。どうすればバレないで済むか、分からないから怖い」

恵子の方を向いて、

「恵子さんなら理解してくれるよね。こういう話題が好きなんでしょ？　これはちゃんと怖い方の分からなさだよ。そうだろ」

彼女は答えず黙って俺を見返した。彼女の口から上った紫煙が、天井を這っている。

沈黙が耐え難く感じられた頃、彼女の唇が動いた。

「好きな話題を続けていいですか？」

「ああ、うん」

彼女は足を組んだ。

「分からないから怖い。そういう局面があることは事実でしょう。でもわたしはこの言い回しが嫌いです。少しも妥当だとは思えない」

「理由はさっき聞いたよ」

「もう一つ理由があります。世の中には全く逆の怖さがあるからです。つまり――事実を知ったこと、分かったことで湧き起こる恐怖があるから」

「ある？　そんなの」

「ええ」

彼女は煙草をくゆらせると、

「あなたはわたしを知らない。会ったことはもちろん、電話で会話したことも、チャットやメッセージを遣《や》り取りしたこともない。それなのにどうしてわたしを情報屋の恵子だと？」

「スマホの着信履歴だよ。菊池のスマホ。そこに表示されて――」

声が出なくなった。

遅れて大きな誤解、いや――早合点に気付く。

背中を冷や汗が伝った。

「そう」

彼女は口だけで笑った。

「表示で分かるのは情報屋の恵子の端末から、カメラマンの菊池さんのスマホに誰かが電話を掛けたことだけです。誰が電話を掛けたかまでは把握しようがない。もう分かりますよね？　あなたは今の今まで得体の知れない女と、ここでずっと話していたんです」

四

「どうですか？　分かるから——分かったから怖くなりましたよね」

女が訊ねたが、俺は答えられなかった。

「世の中には不思議な職業があります。情報屋もその範疇に入るでしょう。芸能人、いえ——著名人の情報を集め、それをマスコミに売って生計を立てるなんて。そういう商売が成り立つことが信じられない。そう思う人もいるかもしれません」

俺は口を挟まなかった。

何の話だ、と言いたかった。今の「分かったから怖い」も言葉足らずだ、と反論したい気持ちもあった。

確かに俺が早合点をしていたことは分かった。自分が長々と、ここで何をしていたかも分かった。

だが、恐ろしいのはそのせいだけではない。

彼女も言ったとおり、得体が知れないからだ。しかもこの先何か、よくないことが起こる気がするからだ。楽しいこと、嬉しいこと、快適なこと、安心、そういったことは一切起こらないだろう。だから「分かったから怖い」では足りない。全く以《もっ》て足りない。

そんな理屈が頭の中を駆け巡っていた。だがそれ以上に、胸の内で恐怖が育っていた。目の前の女の態度は、今までと何も変わっていないのに。

「あんた……誰？」

俺は何とか訊ねた。

「情報屋より不思議な――怖がらせ屋ですよ」

「そんな職業」

「職業ではありません。頼まれて人を怖がらせるんです」

「冗談を言うな」

「わたしは真面目ですよ。それに実際、今わたしはあなたを怖がらせていますよね」

「馬鹿馬鹿しい」

「わたしを頼る人は真剣ですよ。今回は栃木県にお住まいの女性です。六十代後半くらいでしょうか」

女はわざとらしく遠い目をした。

アパートの方を眺めながら、

「怖がらせて欲しい。世の中の怖さを思い知らせて、息子の目を覚まして欲しい。真面目な人間にして欲しい。そんな依頼です。二つ目、三つ目は断りましたが、一つ目は引き受けました」

煙草を揉み消し、三本目に火を点ける。

「依頼人の女性は昔、テレビドラマを見て驚きました。息子さんそっくりの青年が出演していたからです。慌てて息子さんを呼んで、テレビを見せたところ彼も大変驚きました。ひとしきり騒いだのち、彼はこんなことを言い出しました。俺にもできるかもしれない。こいつとそっくりな俺なら——俳優の名前は塚田崇」

怖気《おぞけ》が身体を走り抜けた。シートに縫い付けられたような感覚に襲われる。

「息子さんは大学を辞めて上京し、自ら芸能事務所の門を叩きます。何社か回って小さな事務所に所属が決まり、芸能活動を始めました。ですが一向に芽が出ませんでした。事務所を退所し、アルバイトで生計を立てながら劇団に入ってすぐに辞めたり、ホストをやってすぐに辞めたり。次第に疎遠になり、今ではどこで何をしているのかも分からなくなった。もしまだ見果てぬ夢を追っているのなら、額に汗して暮らすことをせず、無為な日々を送っているのなら、どうか——と、彼女はわたしに頼みました」

女は言葉を切って俺を見た。

さっきは饒舌《じょうぜつ》が耳障りだったが、今度は沈黙が息苦しい。これは煙草の煙のせいだけではない。

事実を指摘されるのが耐え難いのだ。

「あなたは俳優の塚田崇ではありませんね？　多少顔立ちが似ているだけの、何者にもなれなかった息子さんですね？　お住まいはそう——そこの古いアパート」

とどめの一撃が胸に突き刺さった。

膝の上に置いた手が、この暗がりで分かるくらいに震えていた。

そうだ。俺は二重に演じていた。

「菊池祐介を演じている塚田崇」を演じていたのだ。

醜聞を撮られて困るような人間に、一度でいいからなってみたかったから。

失うことを恐れてみたかったから。

それに塚田なら、評価されている演技力を、こんな窮地で大胆に発揮してみせるだろう。

俺には何もない。

彼女の言うとおり、何者でもない。

菊池の顔や素性は知っていた。遅刻が続いて短期間でクビになったが、『週刊幻冬』でアルバイトをしていた時に何度か見かけたからだ。

ここで——俺の家の向かいで、彼が張り込んでいるのに気付いた時は、目を疑った。

裏から回り込んで声を掛けると、彼は最初とても驚いていた。だがすぐに塚田崇でないと気付き、厭《いや》な笑い声を上げげた。情報屋の恵子にガセを摑まされた、あのアマいよいよ酒で脳味噌腐ってきやがったか、畜生——

「こんなクズ見張らせて俺の貴重な時間を奪いやがって、って言ったんだよ」

「それで逆上したんですか」

「まあ、そうだね」

俺は大急ぎでアパートに引き返し、包丁を持って車に戻った。そして菊池を殺した。

「失うものは何もないと思ってね。でも……いざ死体を目の当たりにすると、怖くなった。トランクに隠しても、血を拭いても震えは止まらなかった。何も、考えられなくなった」

ふふ、と俺は笑った。

「どうしてだろうな。失いたくない財産も、家庭も、収入源もないのに。最初からドン底なら、よくない未来を想像することもないはずだよね？　それなのに」

「簡単ですよ」

彼女は今までと違う、穏やかな口調で言った。

「あなたが恐怖したのは、罪悪感のせいです。自分は悪いことをした、罪を負った、だからきっと報いを受けるだろう――ほら、ちゃんとよくない未来を想像している」

「ああ……」

「倫理観はそれなりにまともだ、ということですね」

皮肉なのは分かったが、不思議と腹は立たなかった。

アパートの手前にある街灯の光を眺めながら、俺はほとんど無意識に言った。

「もう少し、早く来てくれたら……」

「ええ、残念です。間に合わなかった。怖がらせるだけ怖がらせてみましたが」

悔しさを滲ませて彼女は言った。

俺は煙草に手を伸ばした。

喫煙者だからだ。本物の菊池は吸い、本物の塚田は吸わず、俺は吸う。今は一刻も早く、ニコチンとタールを肺に送り込みたい。

演技の勉強など随分前に止めてしまったのに、演技していた。強烈に暗示を掛けて、なりきろうとしていた。咄嗟《とっさ》に、夢中で、必死で。

若い頃からこうしていれば、或《あ》いは——

有り得たかもしれない、でも決して手に入らない未来を想像した途端、俺の目から涙が零れた。

第六話

見知らぬ人の

一

ロビーの片隅に老人が立ち尽くしている。総白髪、黒縁眼鏡、灰色のセーター。書類や何かが入ったクリアホルダーを手にして、心細そうに虚空を見つめている。腰が引けているところを見るに、足腰が弱っているのだろう。もう五分近くも同じ姿勢だった。

入院患者ではなく外来だろう。クリアホルダーを持っているということは、受付は済ませたらしい。ならば何故、指示された科にいかないのだろう。それとも診察は既に終わっていて、これから会計だろうか。であれば会計の列に並べばいいのに。どちらにしろ、あんな場所にいる意味はない。ということは――

ようやく気付いた若い女性の看護師が、老人のもとへと歩み寄った。にこやかに問いかける。

「どうされましたか」

「はあ?」

老人はロビーに響き渡る大声で問い返した。ぴたりと誰もが動きを止め、老人に注目する。看護師だけは動じず、質問を重ねた。

「どちらにご用ですか。それをお持ちってことは、受付はお済ませですよね」

「はあああ?」

老人は更に大きな声で問い返す。表情に全く変化はなかった。

「どちらに! ご用ですか!」

「はあああああ?」

「何か、お困りですか?」

「はあああああああああ?」

「それ! 見せていただいても! よろしいですか!」

「はああああああああああああ?」

困惑のざわめきがロビーに渦巻いていた。若い看護師の顔から笑みが消えていた。「はいはい、ちょっと失礼しますね〜」と年配の看護師がやって来て、老人のクリアホルダーを半ば強引に奪い取った。「はいはい、なるほどね」と言いながら老人の手を引く。老人は抵抗することなく、二人の看護師に連れられて小股で廊下を歩いて行った。

たまに見る光景だった。看護師にしてみれば日常風景かもしれない。自分が何をしにこの病院に来たのか、それすらも分からなくなるほど老いさらばえ、衰えた老人が、幽霊のように受付周りに佇《たたず》む姿。看護師と全く意思疎通できず、大声で訊き返すことしかできない様。

私も運が悪ければああなっていたかもしれない。

いや、リハビリを続けなければ、遠からずああなってしまうに違いない。

全身が粟立っていた。感情より先に身体が恐怖していた。そうだ。私は怖い。あの老人には失礼だが、ああなってしまうことが怖い。今の私には他人事ではない。

ベンチから立ち上がって、私は病室に戻った。そろそろ妻の来る時間だった。

入院したのは四十三年生きてきて初めてのことだった。

くも膜下出血だった。休みの日に家族と買い物をしていた、その最中のことだ。スーパーの駐車場で突然、凄《すさ》まじい頭痛と目眩《めまい》と吐き気に襲われた。天地左右の区別も付かず、助けを呼ぼうにも妻の名前も、子供の名前も出てこない。アスファルトに蹲《うずくま》ったのか、転んだのか、それとも立ったまま動けなくなったのか。今でも記憶は曖昧だ。「急に中腰になって脂汗流して、『ヤバいヤバい頭痛頭痛、脳だ脳だ絶対』って、うわごとみたいに繰り返してたよ」と後で妻に聞かされたが、それでも思い出せない。

病院に運ばれた頃から本格的に記憶がなくなって、気付いたらここ、Ｋ坂総合病院の入院病棟のベッドにいた。手術して一週間、集中治療室にいたらしいが、実感は全くない。

コイル塞栓《そくせん》術だったせいもあるかもしれない。太股の付け根から細い管を挿入して脳まで通し、出血の原因となった脳動脈瘤にコイルを詰めて塞ぐ手術。医師でも看護師でもない私には「そんなことができるのか？」と訊きたくなるようなやり方だ。これだと開頭手術は必要ない。つまり頭を弄《いじ》られた痕跡が外からは全く分からない。せめて髪を坊主にでもされていたら、少しは「ああ、頭を手術したんだな」と実感できたかもしれないが。

だから、と言っていいのか分からないが、死の恐怖は薄かった。くも膜下出血の死亡率は五十パーセントだそうだが、医師にその数字を突きつけられても「運がよかった」と思いこそすれ、震え上がったりはしなかった。合併症が起こらなかったのも幸運だった、起こっていたら危なかったかも、とも言われたが、それもピンと来なかった。意識して駐車場での苦痛を思い返してみても、死の恐怖と結び付いてくれない。代わりに湧き起こった恐怖は、脳が壊れかけたことに対するものだった。今も完全に回復したとは言えない。

後遺症は複数あった。上手く歩けない。食事を上手く飲み込めない。人と上手く話せない。だから今もここに入院し、リハビリを続けている。

四人の相部屋３０１号室の、入って右手前のベッドに今も寝ている。

「今日はどうだった？」

古びた小さな丸椅子に窮屈そうに腰掛け、妻が訊ねた。仕事が早く終わったそうで、勤め先から出たその足で、面会に来てくれたのだった。

「うん、療法士の人とずっと話してたよ。子供の頃のアレとか」

「子供の頃って？」

「漫画家になりたくて自由帳に描きまくってたとか、当時流行ってたテレビのヤツだとか、そういうの」

「雑談？」

「いやいや、記憶と時代の辻褄《つじつま》が合ってるかのチェックはしてたんじゃないかなあ、療法士さん。いま三十歳くらいで、世代間のアレがあって面白かったよ」

「でも、実際成果は上がってるよね。最初は心配になるくらいだったもん」

「ああ、うん」

私は簡潔に答えた。当初は頻繁に言葉に詰まったが、今はこうして話せるようになっている。アレだのヤツだのと曖昧な言葉しか出てこないことはしばしばあるが、文脈で理解してもらおうと工夫できる程度に頭は回っているし、こうして妻には通じている。

「今日は何があったの？」

私が訊ねると、妻は「そうだねえ」と天井を見上げた。私の投げかけた質問は、厳密には昨晩から今の今まで、彼女が見聞きしたことを教えてくれ、という意味だ。彼女は微に入り細を穿《うが》って教えてくれる。七歳になる娘の、学校での体験も。会話の流れで私と知り合う前のことも、出会ってから現在までの、些細な出来事も教えてくれる。

「……で、そこであなたが思いっきり転んだの。ポップコーン撒き散らして、ハトが群がってきて」

「アレは恥ずかしかったなあ」

三度目のデートでのハプニングだ。先週も同じ話を聞いたが、もちろんそう指摘することはない。むしろ嬉しかった。もっと聞かせて欲しいと思った。記憶できている。脳は確実に正常に戻りつつある。その事実を確かめられたからだ。

私は妻の話に耳を傾け、時折口を挟むことを繰り返した。入院中、リハビリ中ではあったが、むしろ幸福を感じていた。と同時に、早く家に帰りたい、という素直な望みも育っていた。

「じゃあ、そろそろ帰るね」

妻が丸椅子から腰を浮かせた。時刻は午後五時を回っていた。間仕切りのカーテンの隙間からのぞく窓の外は、夕焼けで赤く染まっている。娘が習い事から帰宅する前に、妻は家に戻るのだ。習い事は——そうだ、算盤《そろばん》だ。

「ああ、またね」

「今週の土日はちょっと無理だけど、平日でも仕事次第では来るよ」

「ありがとう。気を付けてね」

妻は手を振ってカーテンを閉めた。足音が301号室を出て行くのを聞きながら、私は長話の余韻に浸っていた。

と、足音が部屋に入ってきた。妻だろうか、忘れ物に気付いて戻ってきたのだろうか、と思う間もなく、向かいのベッドのカーテンがシャッと鳴る。

「こんばんは」

女性の落ち着いた声がした。

うう、と老人の呻《うめ》き声が続く。

彼女だ。私は思い出した。途端に不思議な高揚感と、優しい気持ちが湧き上がる。

女性の親しげで愉しげな声がし始めた。聞き耳を立てそうになっている自分に気付き、私は携帯音楽プレイヤーのイヤホンを耳に突っ込んだ。

二

向かいのベッドの老人は徳永《とくなが》さんといった。話したことは一度もないが、医師や看護師が呼びかけるので自然と覚えた。だが見舞いの女性が何という名前なのかは分からない。徳永さんは呻き声にも似た返事をするか相槌《あいづち》を打つか、それとも反応しないか。その三パターンだけで、彼女の名前を呼んだことは一度もなかった。少なくとも私が病室にいて、起きている間は。

彼女は毎日、夕方五時過ぎに徳永さんの見舞いに来ている。文字通り毎日だ。平日も土日も祝日も欠かさず、私がここで目を覚まして今に至るまでの一ヵ月と少しの間、一日も欠かさず。そして一時間ほど老人に語りかけ、夕食の配膳が始まる頃に病室を出て行く。おそらくは今日もそうだろう。他の二つのベッドの患者は入れ替わりが早いので、私は自然と、彼とその見舞客に興味を持つようになった。

六時ちょうど。

私は部屋を出てトイレで用を足した。廊下では看護助手たちが配膳のカートを押している。

部屋に戻ったまさにその時、徳永さんのベッドのカーテンが引き開けられた。彼女が振り向きざまに「おやすみなさい。また明日」と言って、カーテンを閉じる。

髪の長い、細身の女性だった。グレーのハイネックのセーターに白いロングスカート。整った顔には儚げな笑みを浮かべている。年齢は三十歳くらいだろうか。ちゃんと彼女の顔を見るのは初めてだった。

私に気付いた彼女は、「すみません」と唐突に詫びた。声を掛けられるのも初めてで戸惑ってしまう。

「五月蠅《うるさ》かったですよね。話が愉しくて、つい盛り上がってしまいました。ごめんなさい」

徳永さんに話しかけているのと同じ、優しい声でまた詫びる。

「いえ、あ、いいえ。その」

言葉が出なかった。頭の中には「詫びる必要はない」という意味の返事をしたい欲求があるのに、この場でそれに相応《ふさわ》しい語句が思い付かない。抽斗《ひきだし》が開かないというより、抽斗の開け方が分からない。そんな感覚だった。

緊張しているせいか。妻とはそれなりに話せるのに。退院までの道のりは遠いな、などと思っていると、

「あのう」

彼女が言った。いつの間にか手に何かを持っている。個別包装されたマドレーヌが三袋。両手でこちらに差し出す。指輪は着けていなかった。

「向かいの——そちらのベッドの方ですよね。余り物ですが、よかったらどうぞ」

「ああ、ええ、ど、どうも」

どうにかお礼らしきことを口にし、マドレーヌを受け取る。

「失礼します」

彼女は微笑すると、部屋を出て行った。髪とロングスカートをなびかせ、角を曲がって

見えなくなる。

　気付けば廊下に出ていた。彼女の背中を見送っていた。小太りで中年の女性看護助手が「はい通りますよお」とカートを押してやって来る。

　私はベッドに戻った。


「賞味期限はまだ大丈夫だね」

　妻はマドレーヌの包装に顔を近付けた。リクライニング式のベッドを起こし、枕の位置を直しながら、私は答える。

「あげるよ」

　食事はリハビリの一環で、療法士の立ち会いのもとで取ることになっている。それ以外の間食は原則禁止だ。健康管理の側面も勿論あるが、咀嚼《そしゃく》も嚥下《えんげ》も元通りとは言い難いので、詰まらせて窒息する恐れがあるからだ。

　妻が見舞いに来たのは十日ぶりのことだった。今日は日曜で、娘は友達家族と朝から遊びに行っているという。同じマンションの同じ階に住んでいる浅沼《あさぬま》さん一家。娘さんの名前は美優《みゆ》。ぽっちゃりしていてもの凄い天然パーマで、よく笑う女の子だ。妻から聞いて思い出した。

「じゃあ、美優ちゃんの顔に大きな黒子《ほくろ》があるの、覚えてる?」

「うーん、唇の横だっけ？」

「当たり！　順調だね」

妻が破顔した。曖昧な記憶を頼りに半ば勘で答えたのだが、もちろん正直に打ち明けるような真似はしない。彼女はマドレーヌの包装をそっと破りながら、

「食べられないのに受け取っちゃうのが、あなたらしいと言えばらしいよね。押しに弱いっていうか、美人に弱いっていうか」

「そんなことはないよ、喜ぶかと思ってさ」

「わたしが？　ほんとに？　鼻の下伸ばしてたとかじゃないの？」

「違う違う」

私は全力で否定した。事実、見舞客の彼女にそんな感情を抱いてはいなかった。受け取ってしまったのは言葉が出なくて焦っていたせいだ。間違いなくそうだ。妻に説明すると、

「ふうん、そう」

彼女は冗談めかした半目で私を睨《にら》み付けながら、マドレーヌを食べ始めた。機嫌を悪くしてはいないらしい。

午後二時を回っていた。病室は静かで、妻が包装をゴミ箱に捨てる音が、やけに大きく響いた。

「でもさ」妻が口元を隠しながら、「その人、毎日お見舞いにいらしてるって本当？　土

日も欠かさず？」

「うん」

この十日間も一日も休まず来ていた。五時頃に現れ、一時間ほど話して夕食前に帰る。徳永さんの反応も同じだ。呻くか相槌を打つか。或いは無反応か。

「素直に考えて娘さんよね」

妻が声を潜める。

「そうだな。孫……じゃなさそうだ。仮にそうだとしたら徳永さんが相当若作りか、逆にお孫さんがアレか」

「老けてるってことね」

「君は見たことないの？」

「わたしが帰る時にすれ違って会釈したことはあるけど。二回くらいかな。話してるとこは聞いたことない」

「毎日来る余裕があるんだろうな。これも素直に考えて主婦か、そうじゃなかったら……」

「ねえ」妻が更に声を潜めた。「奥さんってことはない？」

「年の差夫婦か。だったら面白いけど、どうかなあ」

「わたしだって時間が許せば毎日でもお見舞いするよ。妻だから」

「なるほど、そういう推理か」

私は腕を組んだ。

「……いやでも、だったら全然イイ話じゃない可能性もあるんじゃないか？　ほら、要するに毎日来て、その、アレを確かめてるっていうかさ、け、健康状態を」

「ちょっとちょっと、それは年の差婚に偏見ありすぎでしょうよ」

妻も腕を組んだ。

確かに偏見だ。高齢の夫と若い妻の夫婦なら、妻は財産目当てで結婚したに違いない、今は死期を逐一《ちくいち》確かめているに違いない――頭の中で一つずつ言葉にすると、馬鹿馬鹿しくなってきた。こうした話が楽しくないと言えば嘘になる。いや、正直なところ楽しい。だが間違いなく下品だ。どうしてこんな話題に熱中してしまうのか。

「……知らなすぎるから、か」

「え？」

「いや、お向かい――徳永さんのこと何も知らないから、偏見でしか喋れないんだな。話したこともないし」

「じゃあ話してみなよ。ていうか友達とかできてないの？」

「全然。部屋の人とかお見舞いの人には、挨拶くらいはするけどさ。看護師さんとか療法士さんとかとは話すけど、特別親しいってわけじゃないし……」

「いるよねえ、年取ると友達作れない男の人」

そうかもしれない。

いつの間にそんな人間になってしまったのか、と思っていると、妻が新たにマドレーヌの袋を開けた。ぱくぱくと二口で食べてしまう。ペットボトルの紅茶を飲み干すと、彼女は不意に言った。

「じゃあ、今から訊いてみたら？」

「え？……いや、いいよ。きっとお休み中だし」

私は耳を澄ます。向かいのベッドからは特に何も聞こえない。

「分からないよそんなの。スマホ見てるとか、本読んでるとかかもしれない」

「まあ、そうだけどさ」

「どうして入院してるかも知らないんでしょ？」

「聞いちゃ不味《まず》い気がしてさ」

「ああもう、それ全部ビビッてるだけじゃんか」彼女は可笑《おか》しそうに身を捩《よじ》って、「じゃあ、わたしが訊いてこよう」と言った。早くも椅子から立ち上がる。

「そんな、用もないのにいきなり」

「は？　これのお礼しなきゃ駄目でしょ」

彼女はマドレーヌの包装を掲げ、ゴミ箱に放る。全くの正論だった。下世話な妄想は逞《たくま》しくするくせに、肝心なことには頭が回っていない。

「じゃ、後で報告するね」

彼女は敬礼をするとカーテンの外へ出て行った。すぐに「失礼しまーす、向かいのベッドの者ですが」と徳永さんに呼びかける。

ややあって、カーテンの開く音がした。「ご挨拶が遅れましてすみません」と、妻の声がする。最初の関門は突破したらしい。

「ああ……ご丁寧……」

徳永さんの声が途切れ途切れに聞こえた。「いえいえ、あのですね……」と妻が声のトーンを落とす。聞き耳を立てたが、二人が話していることは分かっても、会話の内容までは聞こえない。

「お邪魔しました、お大事に」

妻の声がしたのはちょうど十分後のことだった。病室に響き渡るほど明るく、大きな声だった。楽しい話ができたらしい。盛り上がったらしい。

カーテンが開いた。待ってましたと私は妻に小声で問いかける。

「どうだっ、た……」

言葉が尻すぼみになった。自然に浮かべた笑みが消えていくのが分かる。妻の眉間《みけん》には深々と皺《しわ》が寄っていた。

「どうしたの」

答えない。ぎくしゃくと丸椅子に腰を下ろす。

「……話半分で聞いてくれる？」

「え？」

「いや、あの人……徳永さんの言っていることを素直に伝えるね。本当かどうかなんて確かめようがないし」

「ああ、うん。勿論」

妻は身体を折り、私に顔を近付けると、

「例の、毎日来る女の人ね」

「うん」

「知らない人なんだって」

「えっ」

「全然知らない人が、毎日お見舞いに来てるんだって」

そこまで言って、口を噤《つぐ》んだ。訝《いぶか》しげな目でカーテンの向こう、徳永さんのベッドがある方を見ている。

「……いや、待って。徳永さんのアレは？」

私は訊ねた。

真っ先に疑ったのは、彼の健康状態だった。それこそ私と同じくも膜下出血で、認知障害の後遺症が出ているなら、親族家族の顔が認識できていないことも有り得る。ここは病院だ。入院病棟だ。物事を正確に把握できない人間が集まる場、と言ってもいい。

「胃癌らしいよ」

妻は答えた。

「手術は上手くいったらしいんだけど、術後の経過が思わしくなくて、退院できないんだって。体調もずっと悪くて、微熱が下がらなくて。もう半年くらいいるみたい」

点滴を付けたままトイレに行く彼を何度も見ている。ぼさぼさの白髪。染みの浮いた手。蠟人形《ろうにんぎょう》のような顔はだらりと弛緩していた。

「会話もね、普通にできたの。変なところは全然なかった。その……女の人のこと以外は」

妻の瞳は不安で揺れていた。

脳の問題ではない、と見ていいのか。

本当に赤の他人、全く知らない女性が、毎日見舞いに来ているのか。

「じゃ、じゃあ何の話をしているんだよ、そんな毎日欠かさず。それにさ、普通知らない人ならアレじゃないか？　どなたですかとか、何なんですかとか、それが無理ならナースコールで助けを呼べばいい」

「ずっと訳の分からないこと喋ってるって」

私は絶句した。

「聞いたとおりのことを言うね……ヨシワラのオバサンが山で頭のおかしい人に摑まってドラム缶で茹《ゆ》で殺されて、それの恨みのせいでイケダさんの娘さんは口が二つで生まれたとか、あとその辺のネズミを捕まえて、バス停でヨネヅさん？　の血液と物々交換したとか……ニコニコ楽しそうに、ずっと話してるらしいの」

妻の顔は青ざめていた。

「だから、怖くて何もできないんだって。適当にリアクションして、女の人が帰るのを待ってるんだって、毎日毎日」

私も青ざめていただろう。寒気を感じていた。背中に冷や汗をかいていた。

テレビの横に置いた、最後の一つのマドレーヌが目に留まった。

胃を患っているなら、食べることは難しいだろう。それなのに彼女は。

ぶるり、と身体が大きく震えた。

向かいのベッドの静けさが、やけに気になった。

三

二人でラウンジに移動した。自販機でお茶を買ってテーブルに向かい合った。しばらくの間、私も妻も無言だった。私と同年代らしいパジャマ姿の女性と、その家族らしき男性と子供二人が入ってきて、ひとしきり談笑して出て行く。見舞客らしき若者が自販機でジュースを買って立ち去る。

辺りが静かになった頃から、私たちは少しずつ話せるようになった。

単純に考えて、徳永さんが女性を追い返したり、助けを求めたりしないのは奇妙だ。しかし病気で入院するほど弱っているのであれば、行動を起こす気が失せるのかもしれない。相手が誰であれ、困難に抗《あらが》うには心身両方の力が要る。最短ルートというものは、得てして最も勾配《こうばい》が急なのだ。

私が推論を披露すると、妻は何度もうなずいた。

「ゴミ屋敷の人だってそうらしいもんね。セルフネグレクトだっけ」

「徳永さんと一緒にしていいかはアレだけど、まあ言いたいことは分かる。変な人に話しかけられるだけで済むなら、スルーでいいやって俺も考えるかも」

「でも……本当にいつまでも『だけ』なのかな」

「え？」

「わりと楽観的な考え方だよね、それ」

「それは……」

「わたしに教えてくれたってことは、やっぱり助けてもらえるなら助けて欲しいんだよ。今まではスルーしてたけど」

「うーん……」

「せっかく訊いてくれたから、これはチャンスだって思ったんじゃないかな。違う？」

妻が私を見つめる。私は不承不承《ふしょうぶしょう》うなずいた。

怖い。異様だ。そう思うのと同時に、厄介事に巻き込まれることへの抵抗があった。身も蓋《ふた》もなく言えば、面倒だと感じていた。だが、妻の推測はおそらく正しい。人道的には助けるべきだ。だが。

「分かるよ、何考えてるか」

妻が言った。自分の駄目で愚かな考えを見透かされて、私は小さくなった。弁解の言葉も思い付かない。おずおずと顔を上げると、彼女は目だけで優しく笑った。

「大丈夫、あなたはリハビリに専念してて」

「……ごめんね」

「あなたも弱ってるだけ。自分のことで手一杯なだけだと思うよ。徳永さんと一緒」

「そう、なのかな」

「絶対そうだよ。元気だったらわたしより先に『何とかしよう』って言ってたよ」

「駄目になっちゃったな」

「凹《へこ》まないで。そのうち元に戻るよ」

妻は私の肩をパンパンと二度叩くと、看護師を探しにラウンジを出て行った。

戻ってきたのは一時間近くも経った頃だった。さすがに捜しに行こうかと席を立とうとした、まさにその時だった。

妻の眉間にはさっきよりずっと深い皺が刻み込まれていた。真っ青な顔が白い照明に照らされている。

「どうしたの?」

私は訊ねた。妻はスポーツドリンクを自販機で買い、一気に飲み干して、

「そんな人、見たことないって」

と言った。

「今詰めてる看護師さんに、片っ端から訊いたの。でも……誰もそんな人なんて知らない、この一ヵ月、徳永さんにお見舞いが来たことは全然ないって、い、言ってた」

「いや、さすがにそれは」

「ないよね。だって私も顔見てるし」

「そう、そうだよな」

「そうよ。マドレーヌだって食べたし」

私たちは顔を見合わせた。先に「あ」と声を上げ、立ち上がったのは私だった。「どうしたの、ねえ」と妻が心配そうに私の肩を摑む。私はもつれる舌を動かして、何とか言った。

「アレだよ、動かぬ証拠がある」

「証拠？」

「マドレーヌだ。まだ一個残ってるだろ」

よたよたとラウンジを出た。廊下を進み、角を折れ、３０１号室の出入り口に飛び込み、自分のベッドのカーテンを引き――

うっ、と声を漏らした。

床頭台《しょうとうだい》の上、テレビの横には何もなかった。ゴミ箱にも包装は入っていなかった。

追ってきた妻も呆然としていた。


五時二分を過ぎた。

私はベッドに寝そべり、目を閉じていた。眠ろうとしたのに――眠ってやり過ごそうとしたのに、一睡たりともできなかった。パジャマを湿らせる汗は暑くてかいたものではなく、冷や汗だった。喉も渇いている。

帰り際、妻は私に何度も「気にしない方がいいよ」と繰り返した。何人かの勘違いが重なっているだけで、おかしなことなど何も起こっていないと。

「いっそ寝てみたら？　すっきりするし、時間もすぐ経つよ」

本当は「夕食の時間まで一緒にいて欲しい」と頼みたかった。娘が帰ってくるから無理なのは分かっていたが、それでもいて欲しくて仕方なかった。私の気持ちが分かったのだろう。彼女は「ごめんね」と詫びて、足早に301号室を後にした。

私はせめて〝彼女〟の言うことを、聞くだけ聞いてみようと思ったのだった。無駄に終わってしまったけれど。

そっと目を開けた。見慣れた白い天井とLEDライト、カーテンレール。身体の位置を直そうと背中を浮かせた、ちょうどその時。

足音がした。

部屋に入ってきて、向かいのベッドのカーテンを開ける。

「こんばんは」

いつもの声がした。

どきりと心臓が鳴った。

いる。存在している。少なくとも私の耳は、彼女の足音と声を聞いている。それなのに。

「そうなの、ふふふ」

彼女の笑い声で、全身からどっと汗が噴き出した。寒気が全身を貫き、咄嗟《とっさ》に布団を頭から被ると、今度は湿気と熱気で更に汗が溢れる。

掛け布団越しでも、彼女の声は聞こえた。何を言っているのか分からないが、抑揚は聞き取れる。聞き取れてしまう。

聞き取れない方がいいのかもしれない。妻の言っていたことが事実で、本当に意味不明の、正気とは思えないことをつらつらと一人で喋り続けていると分かってしまったら。

私に気付いた彼女が、こっちのベッドにやって来たら。

しなくてもいい想像をしてしまう。こんな時だけ脳がしっかり働いている。

平静を装った。意識して呼吸を整える。

「あはは」

はっきりと彼女が笑った。手を叩いている。痛みを覚えるほど固く目を閉じ、布団の中で身動きをしないようにして、私は彼女が帰るのを待った。緩慢に流れる時間に耐えた。

遥か彼方からカーテンが鳴る音を聞いたのは、どれくらい経った頃だろう。もちろん一時間と少しに決まっているが、体感としては何日も経ったような気がしていた。

「また来ますね」

別れの挨拶をして、彼女の足音が遠ざかって、消えた。

配膳カートのキャスターの音がした。看護助手たちの声もする。廊下が慌ただしくなって、私は布団を剝《は》ぎ、大きく息を継いだ。

馬鹿らしくはあった。こんな風にベッドで縮こまるなんて、まるで子供だ。そう自分を馬鹿にする自分も、頭の隅に確実にいた。ずかずかと徳永さんのところへ行って、女性に直接問い質《ただ》すのが手っ取り早い。そう理解してもいた。

だが、そんな簡単なことが今の私にはできなかった。ベッドで身体を起こすことすら不可能だった。触れてはいけないものに触れる気がしたからだ。

何とか落ち着いたのは夕食が終わり、看護助手に食器を下げてもらった頃だった。食べた記憶はほとんどなく満足感もなかったが、療法士には随分回復していると告げられた。

四

心と身体は繫《つな》がっている。その証拠に翌日から、歩くことが困難になった。ずっとベッドに寝そべったままで、トイレすらも億劫《おっくう》になった。例外はリハビリの時と、五時前から六時半近くまでの間だけ。後者は一階ロビーのベンチや売店、中庭で過ごすようになった。あの女性と会わないようにしていた。

〝彼女〟に会いたくない。そんな気持ちが、私の運動障害を進行させたのだ。思った以上にダメージを受けていたらしい。妻に申し訳ないと思いながらも、どうにもならなかった。情けない状況に陥った私を、妻は優しく励ましてくれた。と同時に、私の後遺症を悪化させた〝彼女〟に酷《ひど》く腹を立てた。そしてすぐさま対策を取った。

妻は見舞いに来る度、周囲に話しかけるようになった。看護師や医師だけでなく、徳永さん以外の、頻繁に入れ替わる同室の入院患者たちに話しかけ、情報を集めるようになった。

「入りたての放射線技師と、小児科のベテラン看護師さんが不倫してるんだって」

「食堂の裏メニューに『油そば』があるって聞いて、食べてきた。美味しかったよ」

彼女が聞き集めたのは無関係な情報ばかりだったが、私の気持ちは少し晴れた。

まるで『裏窓』だ。ヒッチコック監督の有名な映画を思い出していた。怪我で家から出られない主人公の男性が裏窓からある事件を目撃し、彼の恋人が出歩いて犯人を追う。もっとも、映画は捻《ひね》りこそ効いているが純然たる犯罪サスペンスだった。私たちの前に立ち現れているものは、それとは違う。非現実的で非科学的な現象だ。

「やっぱり、誰も知らないんだってさ」

土曜の午後一時。妻が肩を落として言った。恐ろしい思いをした日から一ヵ月が経っていた。ベッドから身体を起こして、私は訊ねる。

「君はその後、会った？」

「ううん、全然。遠くで見かけたりもしない。あなたは？……ああ、会わないようにしてるんだったね」

「すまんな」

「すまなくないよ。わたしだって居合わせたくないもん」

向かいのベッドに揃って目を向ける。妻によると、徳永さんはこの一ヵ月ですっかり衰弱したらしく、返事も上手くできなくなっているらしい。私もそうだろうなとは思っていた。カーテン越しに聞こえる医者や看護師の声、そして徳永さん自身のか細い声で、何となく察していた。

「訳が分からない」

妻がぽつりと言った。

「徳永さんとわたしたちにしか見えない人がいるってこと？　三人にしか聞こえない声が聞こえるってこと？」

「そうなっちゃうよな」

「ってことは……幽霊？」

私は答えられなかった。最早《もはや》そうとしか考えられなかったが、結論してしまっていいのだろうか。病院に怪談は付き物かもしれないが、だからといって受け入れていいのだろうか。

カーテンを見つめながら、妻が言った。

「こうなったら本人に確かめるしか、ないのかな。とっ捕まえて」

「いやいや、それは不味い」

私は即座に止めた。『裏窓』でも、恋人は危ない橋を渡り、主人公を不安がらせる。そう説得すると妻は渋々といった調子で、「分かった、やめとく」と言った。

「でもさ、それじゃ何も解決しないじゃん」

「しなくていい。しなくていいよ。徳永さんには悪いけど……」

「酷い」

妻は怒りを露わにしたが、すぐに引っ込めた。

「ごめんね、自分のことに専念して欲しいんだけど」

「いや、こっちこそ」

「心配なの。徳永さんだけじゃなくて、あなたにも、その……よくないことが起こるんじゃないかって」

「大丈夫だよ」

私は意識して言った。不安や嫌な予感に同意してしまうと、そのとおりの事が起こってしまいそうな気がした。取り留めのない雑談をして、妻は帰って行った。カーテンを閉じる時、心配そうに私を見ていた。

話し疲れたのか眠気がやって来て、ベッドの上でうつらうつらとしていると、隣のベッドが慌ただしくなった。昨日から空いていたが、新たな入院患者が入ってきたのだろう。声から察するに若者らしい。女性の看護師や、男性の医師と、親しげに話している。

「夕食はここで食べるんですか？」

「そうだよ。時間も決まってる。ええと」

「六時頃からですね」

「もう聞いたかもしれないけど、オナラが出たらすぐ知らせて」

「はい」

「これがナースコール」

「はい」

「何か質問は？」

「ええと」少しの間があって、青年が訊ねた。「ここって、コワガラセヤサンが出るって聞いたんですけど。本当ですか」

ぴたり、と会話が止まった。

「何それ？」

軽い口調で看護師が問い返す。

「いや、なんか、幽霊だか、妖怪だか分かんないですけど、小さい頃からよく……」

「よくある噂話だよ」

医師が言った。優しくはあるが、やや早口の掠《かす》れ声だった。

「こういう場所には付き物のね。出鱈目《でたらめ》、と言ってもいい。僕たち働いてる身からすると、あまり気分のいいものじゃないな。ははは」

乾いた笑いが収まった頃、青年の沈んだ声がした。

「ええと……すみません」

「お気になさらず」

「そうよそうよ」

医師と看護師は明るく言って、部屋を出て行った。

五時前になって、私はベッドから下りた。ひとまずトイレに向かう。すっかり習慣になっていた。だが、頭の中では一つの疑問が渦巻いていた。

青年の言葉が頭から離れなくなっていた。

コワガラセヤサン。

彼がおずおず訊ねていたせいか、イントネーションは妙だった。だが素直に考えれば「怖がらせ屋さん」だろうか。怪談に出てくる、オバケのような何かの名前としては、そう突飛《とっぴ》なものではない。娘の学校では最近、百キロババアだとかターボババアだとかいうオバケが話題だ、と妻が言っていた。足が速い。逃げても追い付かれる。だから怖い。運動神経がそのまま人気や権力と直結する、子供社会の産物だ。「怖がらせ屋さん」はどうだろう。工夫の無さは子供らしいと言えなくもないが、少しニュアンスが違う気がする。いずれにしろ、名前だけではこれ以上のことは分からない。個室に入って便器に腰を下ろし、用を足すでもなくぼんやりしていた最中のことだった。

「出たらしいよ」

ドアの向こうで太い声がした。いつの間にか誰かが、それも複数が小用をしに来ていたらしい。

「出たって何が?」

別の声がする。やや早口の、掠れた声。隣のベッドで青年と話していた、あの医師の声だ。

「ここで出たといえば一つだけじゃないか。怖がらせ屋さんだよ」

「ホントに?」

「嘘じゃないよ。みんなの間で噂になってる」

やれやれ、と太い声の男は溜息を吐いた。

怖がらせ屋さん。確かにそう言った。今度は間違いなくそういう意味に取れるイントネーションだ。

医師同士が会話している、ということだろうか。

「いるのかなあ」

掠れ声の医師が言った。太い声がすぐさま、

「どうだろうなあ」

と曖昧に答える。

便器を小便が打つ音だけがしばらく続いた後、太い声が聞こえた。

「でもまあ、噂が流れるってことは、一人は確実にアレかも」

「そこは確定なのかな。どうやっても」

「ああ。そこだけは百パーだ」

「あるよな」

「ある。そういうことはある。持ってかれるんだ」

「俺ら無力だよなあ」

「で、誰だと思う？」

「誰？」

二人が歩き出し、揃って手を洗い、話しながら出て行く。私はいつの間にかドアに顔を擦《こす》り付けるようにして、聞き耳を立てていた。間抜けな中腰だった。

雑談のような口調だった。当たり前の日常のことを語り合っている。そんな乗りだった。

だが語られた内容は不可解だった。と同時に謎を解く鍵でもあった。

怖がらせ屋さんが、出た。

みんなの間で、噂になっている。

一人は確実に、持っていかれる。

〝彼女〟と結びつけて考えざるを得なくなっていた。最早そうとしか思えなくなっていた。さん付けなのは女性だからだ、と子供の発想で納得すらしていた。いるのだ。

やはり〝彼女〟はいるのだ。

病院で働く人々には周知されている。私や妻、徳永さんと違って恐れたり、騒いだりしていないだけだ。会話の内容から察するに、怖がらせ屋さんはおそらく、人を怖がらせて死に至らしめる何かなのだろう。人間にはどうにもならない存在なのだろう。さしずめ死神か、運命そのもののような。だから医師たちはスルーしているのだ。受け入れる以上のことはしないのだ。

個室の中が酷く寒く感じられた。実際、震えてもいた。手を突いたドアも氷のように冷たい。

全身がかじかんでしまう前に、私は固まった手足を無理矢理に動かして、個室から脱出した。そこからは人が大勢いるロビーの、ベンチに座って過ごした。ただざわめきを聞きながら、何も考えないようにして。

五

おそるおそる部屋に戻ると、向かいのベッドから「ちょっとちょっと」と呼ぶ声がした。徳永さんだった。ベッドの上で身体を起こして、こちらを見ていた。テーブルには夕食のトレイが置かれている。

視線も表情もしっかりしていた。少し回復した、ということだろうか。それとも末期《まつご》を悟って、何か言い残すつもりだろうか。

或いは呪詛《じゆそ》の言葉、恨み辛みを吐き出すつもりだろうか。私と妻は、彼を見殺しにしたようなものなのだ。

彼はぎこちない動きで手招きして、「ちょっとちょっと」と再び言った。私はおそるおそる、震える足で向かう。

「……どうかされましたか」

「こないだのマドレーヌ、どうでした?」

「え?」

「マドレーヌ。洋菓子の」

彼はじれったそうに言った。私は返答に窮した。妻が美味しくいただいた。だが最後の一個は消えた。いや待て、あれはそもそも――

私が固まっていると、徳永さんは不意に「ああ」と身体を少し反らした。伸び放題の髪を申し訳なさそうに掻く。

「すみませんね。変な質問しちゃって」

「え？」

「前に――一月前だったか、娘がマドレーヌをおたくに差し上げたって言ってましてね。それで今日また同じのを差し入れてくれたんで、もしお気に召したのならと」

「む、娘？」

「ええ、そう。毎日来てる。どうです？」

徳永さんが指した先には、小さな青い菓子折があった。蓋は開けられ、個別包装のマドレーヌが並んでいるのが見える。

スタスタと軽やかな足音が、こちらに近付いてきた。

「あら、お父さん」

〝彼女〟だった。こちらに笑顔で会釈する。

「おお美和《みわ》。ほら、こちらの、お向かいの方にマドレーヌお裾《すそ》分《わ》けしようと思って」

「ああ。そうなの」

こちらに向き直り、

「ご迷惑じゃなかったですか、マドレーヌ」

「ああ、いえ……全然」

「でしたらどうぞ。多めに買ってきたので」

「それは」

ふふ、と〝美和〟は口を押さえると、

「多分ですけど、うちの父、お話しする切っ掛けが欲しいだけだと思います。ほら、用事のついで、みたいな体《てい》でないと話しかけられない男の人っているじゃないですか」

「美和」

徳永さんがばつの悪そうな顔で口を挟み、〝美和〟がくすくすと笑う。私は狐《きつね》に抓《つま》まれたような気持ちで、二人のことを見ていた。徳永さんからマドレーヌを受け取り、少しばかり会話をする。本当にどうということのない、純粋な雑談だった。

「すまんな美和。もう帰らなくていいのか」

「大丈夫。今日は彼が向こうの実家に泊まりだから、お酒飲みに行っちゃおうかな」

「俺も行くかな」

「ちょっと調子良くなったからって何言ってんの」

ははは、と笑い合う。仲睦まじい親子だった。そうとしか思えなかった。

会話が途切れた切っ掛けでベッドに戻り、味のしない食事を胃に流し込む。療法士が来ない、と気になった直後、食事については一昨日リハビリが終わったことを思い出す。いや、一昨昨日《さきおととい》だったか。さらにその前日だったか。

夢の中にいるような気分だった。何がどうなっているか、見当も付かなかった。


目を覚ますと妻が丸椅子に座っていた。

スタンドの灯りに顔が浮かび上がっている。

「どうした?」

私は目を擦りながら訊ねた。娘はどうした。放って来たのか。問いかけようとすると、彼女は小声で、

「もうすぐ朝。ホラ、今月から早朝面会が始まるって言ったでしょ。だから。前に説明したよね?」

「そ、そうだったかな」

私も小声で言う。妻は微笑を浮かべると、

「あなたこそどうしたの? 何か変なことあった?」

「いや……ああ、あったよ。あの人、徳永さんのとこのお見舞いの人」

私は掻い摘まんで説明してから、端的に訊ねた。

「どうなってるんだ?」

「どうもなってないよ」

「え?」

「だから、どうもなってないの。それが事実だから。あの人は娘さんで、普通にお見舞いに来てただけ」

妻は淡々と言った。

私は再び混乱していた。妻の顔を見つめながら、必死で頭を回転させていた。

「嘘を……吐いてたってこと?」

「うん。単なる嘘」

あっさりと認める。

「何でそんなことしたの?」

「何でだと思う?」

平然と質問で返す。

「答えてくれ」

彼女の目をまっすぐ見つめて、私は頼んだ。ややあって、彼女が口を開いた。

「あなたは脳が出血したの」

両手の指を組む。

「そして脳の機能にとても大きな障害が残った。運動もそうだけど、特に酷かったのが記憶。ほとんど全部忘れちゃった。自分のことも周りのことも。友達のことも仕事のことも、家族のことも」

身体を折り、私に顔を近付けて、妻はこう囁《ささや》いた。

「そういう人を怖がらせるためにね、前段階で嘘を刷り込もうと思って。偽の記憶を植え付けようと思って。今までの人生も、この病院のことも、家族のことも。自分のことはあなたの奥さんだと信じ込ませてね」

〝彼女〟の瞳は真っ暗だった。スタンドの灯りを全く反射していない、深い洞穴のような目だった。

「嘘だろ……？」

私の口からそんな言葉が零《こぼ》れた。彼女はゆっくりと頭を振る。

「本当。もう嘘を吐く段階は終わったから」

それだけ囁いて、黙る。

病室は静まり返っていた。早朝だと〝彼女〟は言っていたが、どうやら違うらしい。カーテンの裾から朝の光が漏れていないからだ。光と言えばスタンドの灯りだけ。それ以外は暗黒だった。

　痺れるような悪寒が、全身を這い回っていた。いつまで経っても治まらない。

「見舞いの人が、訳の分からないこと言ってるって、徳永さんが」

「それも嘘」

「誰も見てない、知らないってのは」

「嘘」

「病院の裏話は」

「嘘よ」

「じゃあ、じゃあ……」

　私はいつの間にか泣いていた。泣いて訊ねていた。

「君は？」

「あなたの知らない人」

「娘は」

「いないの」

「だったら俺は」

「それもね、あなたの知らない人なの」

〝彼女〟はじっと私を見つめていた。

ガタガタと冗談のように身体が震えていた。地震のように掛け布団が波打っている。ベッドが軋《きし》んでいる。下腹部がじんわりと温かくなるのを感じた。

「何で、どうして……」

「ちょっとした恨みを買ったの。でも教えない。どうせ思い出せないから」

彼女はゆっくり立ち上がると、

「どっちにしろあなたは、もうお終《しま》いなの」

と言った。


私はロビーの片隅に立ち尽くしていた。

書類や何かが入ったクリアホルダーを手にして、ぼんやりと壁を見つめている。

いつからここにいるのだろう。何の用事でここに来たのだろう。病院にいるのは辛うじて分かった。

若い女性の看護師が、こちらに近付いてきた。

「#$%&?+∨∧……か」

「は?」

よく聞こえないので問い返した。看護師はにこやかに質問を重ねる。

「#すか。それをお持ちってことは……ね」

「は？」

やはりよく聞こえない。彼女はまた口を開く。

「&？＋∨∧」

「は？」

「今日は＃＄＄＄&％？か」

「は？」

「＃＄＃＃らの病棟％&？」

「は？」

何度訊いても分からない。

若い看護師の顔から笑みが消えていた。怒ったようにこちらを睨んでいる。どうしたのだろう。訳の分からないことを言っているのは、彼女の方なのに。

「は……」

年配の看護師が何か言いながらやって来て、私の手から何かを奪い取った。

何かを持っていた気がするが、何だっただろう。

思い出そうとしていると、彼女は私の手を摑んだ。

どうして彼女は私の手を引くのだろう。

ここはどこで、私は何をしに来たのだろう。

それ以前に私は誰だろう。
どこに連れて行かれるのだろう。
白い制服を着た女性二人に引っ張られて、私はどこまでも続く廊下を歩いた。

第七話

怖ガラセ屋サンと

一

【記事タイトル】

カチコミ渇屍夜話《かつしやわ》　第七回「なまくび温泉」

【リード】

読んでるだけじゃ飽き足らない。聞いてるだけじゃ怖がれない。そんな〝怪談末期患者〟を自称する（編注：本当はしていない）本誌末端ライターが、誰も知らない怪談の「現場」を土足で踏み荒らすゴキゲン企画。今月も二徹明けのテンションでお届け！

【クレジット】

写真・取材・文／ナッシー堀田《ほつた》

【本文】

H県山間部のT町に温泉地というイメージは皆無で、マニアに人気の秘湯があったりもしない。地元のジジババが銭湯代わりに浸かる温泉がいくつかあるだけの、ショボ……もとい、こぢんまりとしたエリアだ。正直、「なまくび温泉」の現場だと知らなければ、絶対に足を運ばなかっただろう。

獣道に毛が生えたような山道を、レンタルした軽自動車のアクセルベタ踏みで上ること一時間。ようやくT町に到着した頃には、辺りは暗くなっていた。


（中略）


……というわけで、当秘湯エリア周辺で囁《ささや》かれる怪異の正体＝特異な地形＆有毒ガスの偶然すぎるコンボ！　と総括したかったのに、最後の最後で何この写真！　デジカメでこんなの撮れるの？　しかもこんなグチャドロになったのこの一枚だけで、次の日は普通に使えたから故障でもないし……恐るべし怪談。恐るべし怪異。「怪談や不思議な言い伝えに科学的な説明が付く」パターンこそ、人間中心主義の幻想、フィクションなのかもしれません。

ちなみにですが、この原稿を書いている現在、右目がやけに翳《かす》むんですよね。さっき鏡を見たら瞼《まぶた》含めて真っ赤に腫れてて……ええ、もちろん偶然ですよ。怪談「なまくび温泉」に出てくる〝あの男の子〟との符合なんて。

【特大カコミタイトル】

完結　次回予告
【特大カコミ本文】

「谷間の基地」「十字団地」「丸い家」「バイダン」「赤い飛び出しダメくん」「みつなりさん」そして「なまくび温泉」。以上、大ネタは全てやり尽くした。楽しかった！　怖かった！　知る人ぞ知るマイナー怪談本の追跡取材というニッチかつ無謀な自己満足連載、これにて終了！

……と思いきや、本誌名誉顧問W様の「何言ってんの？　これだけ人気になっといて終わらせるわけないだろ！　さっさと次行ってこい！　経費？　知るか！」という鶴の一声で、連載継続が決まりました。さすがW様、企画会議で「こんなクソ企画通してやるの『映画地獄』だけだぞ。まあせいぜい頑張れよ（苦笑）」って仰ってただけのことはありますね（苦笑）。正直いろいろキツい！　でもやるんだよ！

というわけで次号第八回はインパクトこそ大ネタには及ばないものの、ジワジワっと怖いオレ的お気に入り怪談「怖ガラセ屋サン」を追跡。現場？　これから探すんだよ！

右のテキストは今はなき『映画地獄』という雑誌の、二〇〇二年十一月号から抜粋したものである。連載開始から遡《さかのぼ》ること一年、これも今はなき中堅サブカル出版社からひっそり出版された現代怪談本『渇屍夜話』。そこに収められた怪談の「舞台である場所」或《ある》いは「怪談が囁かれている地域」に、ライターが実際に足を運んで取材する。それがこの企画のコンセプトだ。やや下世話な編集方針ではあるが、公正に見て「普通の」映画雑誌に掲載された、映像化もされていない怪談本を踏まえた企画。

「特大カコミ本文」に、次号掲載予定の事柄がわずかではあるが言及されている。では、実際のところはどうだったのか。

同誌二〇〇二年十二月号、巻末の目次の片隅に、こんな一文がある。

※「カチコミ渇屍夜話」は休載させていただきます。

事実、当該号のどこにも「カチコミ渇屍夜話」は載っていなかった。翌二〇〇三年一月号で連載は再開されているが、回数は「SEASON2　CASE：01」に仕切り直され、テーマとなる怪談は「ユメコちゃん」だった。『渇屍夜話』第七話。老人の夢に現れる少女にまつわる怪談だ。

加えて取材・執筆担当も、別の人間に変わっていた。本井《もとい》幹夫《みきお》。当時『映画地獄』のアルバイトで、誌面では編集長や年長のライター陣に「本井だめ夫」「モトイ二等兵」などと呼ばれていた青年だ。交代理由についての説明は「もともと担当編集だったから」という趣旨の記述以外、一切ない。

当該号、および前後のバックナンバーを読むと、本井幹夫氏に対する他の編集者やライター陣の嘲笑的・攻撃的な記述は、内輪乗りにしても度が過ぎていた。編集部内外で彼に対するモラハラ、パワハラが常態化していたこと、それを誌面で公表することが「許される」または「面白い」という、歪んだ価値観が共有されていたことはほぼ間違いないが、その点は脇に置いておこう。

注目すべきは「第八回　怖ガラセ屋サン」が、予告通り掲載されなかった、という事実だ。

次のテキストは同年三月に刊行された、同企画をまとめた書籍『実録！　カチコミ渇屍夜話　SEASON1』の、いわゆる「後書き」に相当する箇所から、全文を引用したものである。

【タイトル】
後始末
【本文】
まず最初に、『映画地獄』連載企画「カチコミ渇屍夜話」を途中で放り出してしまったことを、関係者の皆様に深くお詫びします。もちろん連載を楽しみにしてくださっていた読者の皆さんにも、申し訳ない気持ちで一杯です。

実のところ、「怖ガラセ屋サン」の噂の出所に、足を運ぶところまでは行っていました。『渇屍夜話』の著者である怪談蒐集家・鬼頭《きとう》禄郎《ろくろう》氏から聞いたのとは別の場所です。

どうもこの怪談には複数の出所があるらしい。この企画を始めていろいろ調べていく中で、僕はその事実を知りました。

つまり怪談ではなく都市伝説である。

ガッカリする方はするでしょう。僕も気付いた時はそうでした。この二つは似ているようで全くの別モノで、混同するようなウスい連中にガツンと言ってやりたい――そんな気持ちで連載を企画したのに、よすがにした怪談本に都市伝説が載っていた。とんだ物笑いです。

だから現地の一つに行ったのもヤケクソ半分でした。ここだけでなくいくつもの「現場」を取材し、都市伝説であることを確定させて鬼頭氏に突き付けてやる。第八回はそんな内容にすることを目論んでさえいました。

〈怪談ルポから怪談への下克上！〉

〈これが怪談クーデターだ！〉

本文に載せるキャッチをいくつも考えていました。

訪れたのは都内某所でした。

僕はそこで噂の具体的な内容を知り、愕然とします。


昔、あるいじめられっ子が自殺した。

少しして、いじめっ子が次々と自殺したり、頭がおかしくなったりした。

いじめられっ子は生前、怖ガラセ屋サンにいじめっ子を怖がらせてくれるよう頼んだらしい。

いじめっ子の一人は今も近所に住んでいる。それが●●の■■さん家《ち》の▲▲さんだ。

あの人は朝から晩まで、日によっては夜中や早朝に町の掃除をしているが、あれはいじめの証拠が見付かるのが「怖い」からだ。怖ガラセ屋サンにそんな気持ちを植え付けられたからだ——


個人名、および個人を特定し得ると思われる記述は伏せ字としました。そう、実在の人物、それも健在の人物に言及した、極めてめずらしい噂だったのです。

おまけに『渇屍夜話』収録のものとは明らかに違います。バージョン違い、バリエーションなどと呼べる範囲を超えている。

これはどういうことだろう。

疑問に思った僕は、とりあえず正攻法で行くことにしました。お分かりですね。▲▲さんへの直撃取材です。

彼と最初に会ったのは、ある日の深夜三時でした。僕が声をかけると、彼は「(すみません急用でどうしても出ないといけなくなりました本日中に残り後送します間際に本当に申し訳ないです)

※編集部より

「後始末」と題されたこの原稿がメールで編集部に届いて以降、堀田氏からの連絡は途絶えました。自宅兼事務所にも不在でした。本当にギリギリのところまで待ちましたが後送分は遂に届かず、部内での協議のうえ、途中までの掲載とさせていただきました。

ナッシー堀田氏(本名・堀田雅史《まさふみ》)の消息や連絡先をご存じの方がいらっしゃいましたら、編集部までご一報ください。

この本は怪談界隈で酷評された。無名のライターを使ったフィクションだと見做《みな》されたのだ。小泉八雲《こいずみやくも》「茶碗の中」のように、文章を意図的に欠落させることによって、恐怖を演出したものだと。

ナッシー堀田は筆名を変えて、ごく普通に同雑誌や他媒体に寄稿している——という指摘も、当時ネットの巨大掲示板で頻繁に為されていた。

だが、事実は違う。

ナッシー堀田こと堀田雅史は、本当に消息不明になっていた。わたしは当時『映画地獄』の編集長をしていた編集者の小山敏也《こやまとしや》に直接会い、その事実を確認している。堀田の唯一の親族だった、彼の祖母が行方不明者届を出した際、小山はその場に立ち会っていたという。

二十年近く前、「怖ガラセ屋サン」を追った人間が、その後しばらくして失踪した——わたしが本格的に「怖ガラセ屋サン」を追うようになったのは、この事実を知ったからである。

二

【タイトル】
怖ガラセ屋サン
【本文】

会社員のSさんに聞いた話である。

休日の夜。

Sさんが家にいると、アパートの階段を駆け上がる音がした。すぐにドンドンと、激しいノックの音がした。

ドアを開けると同僚のUさんが立っていた。

血まみれだった。

服も、顔も、手も。髪型は普段と違うオールバックだったが、それも血で撫で付けられていた。

絶句するSさんにUさんは言った。

「ありがとうな。お前にだけはお礼を言っとこうと思って。僕みたいな人間と、仲良くしてくれただろ」

彼の歯にも血がこびり付いていた。

「……何が、あったんだ」

「復讐してきた」

有能で人望も厚い上司の名を挙げる。Uさんも入社当時から慕っていた人物だ。

理解が追い付かなかった。

「すまん、どういうことだか全く……」

「怖ガラセ屋サンニ頼ンダ」

Uさんの声はそこだけ、やけに不自然で不気味だった。無表情も相俟《あいま》って、この意味不明な言葉が異様に恐ろしかった。Uさんはこの後もしばらく語っていたが、全てSさんの記憶から抜け落ちているという。

じゃあ、と唐突に言って、Uさんは帰った。

夢だったのかもしれない、とSさんは思ったが、アパートの廊下には赤黒い足跡が点々と残っていた。

翌日出社すると、件《くだん》の上司が細君ともども失踪したと知らされた。

Uさんも無断欠勤していたが、翌週、会社の倉庫で首を吊っているのが見付かった。未明に忍び込んだことは監視カメラで分かったが、警報器が作動しなかった理由は分からず、それまでどこにいたのかもはっきりしなかった。

本書の企画が通った直後、Sさんから連絡があった。本になることを告げると、彼は「おめでとうございます」「お役に立てて嬉しいです」「自分の体験が〝怪談〟として本に載るのって、改めて考えると不思議ですね」などと語った後、

「そういえばこないだ転職したんですよ。で、自分も機を見て怖ガラセ屋サンニ頼モ

ウト思ッテ」

と言った。

やけに不自然な抑揚だった。話の脈絡もない。

どういうことか訊ねようとしたが、通話はそこで切れた。

それから彼とは連絡が付かなくなっている。


これが『渇屍夜話』に載っている怪談「怖ガラセ屋サン」の全文である。前述の「後始末」にあったものとは全く異なる内容だ。著者の鬼頭氏に確かめたところ、多少の整理、刈り込みこそしたものの、体験者である「会社員のSさん」から聞いた話をほぼそのまま書いたものだという。後日談も事実らしい。つまり体験者であるSさんに取材することはできない。鬼頭氏に頼んで改めてSさんに連絡してもらったが、梨の礫《つぶて》だった。

怪談本文はそれなりに興味深い。公平に見て怪談――怪しい話には違いない。心霊的なこと、超常的なことは一切起こっていないが、だからこそリアルだ、面白いという見方もできる。メジャーな怪談本に載っていれば、もう少し評価されたかもしれない。だが、正直なところ全く怖くない。知人の何人かは怖がっていたが、わたしの心は少しも反応しなかった。当然、鳥肌が立ったり冷や汗をかいたりもしなかった。

そもそもわたしは、この手の話を怖いと思ったことが全くない。子供の頃からずっとそうだった。

怪談、ホラー、都市伝説。

活字、語り、絵、映像、お化け屋敷、ホラーゲーム。

ジャンルや表現手段に拘わらず、わたしは恐怖を感じないのだ。面白い、楽しい、そう思うことはある。よくできたものとそうでないものの区別も付く。だが、怖いという感情だけは少しも湧いてこない。

親族の影響もあるかもしれない。父も母もこの手のものに興味がなかった。特に祖父――父方の祖父に至っては、怖がらないことを殊更《ことさら》に自慢していた。

戦地でも怖いと思ったことはない。南方では飢餓や病に苦しむことがあっても、決して恐れはしなかった。怖いものなんてない。怖がり方を教えて欲しいものだ――

酒が入ると祖父はよくそんなことを言っていた。

細いが引き締まった体軀、がっしりした顎《あご》とギョロ目。強そうな外見と同じくらい、わたしは祖父の内面に憧れた。かっこいいと素直に思っていた。

今でも祖父に対する思慕は強い。会いたいと思う親族は祖父だけだ。早くに亡くなってしまったせいかもしれない。わたしが中学一年の時に、祖父は帰らぬ人となってしまった。

そうした祖父への思いが、わたしの「怖がらない」気質に拍車をかけた。遺伝もあるが環境もある。わたしはそう自己分析している。

……といったことを打ち明けると、この手のジャンルの愛好家は大抵こんなことを言ってくる。

「怖がるのは想像力があるからだよ」

「恐怖と危険予測はニアイコールだ」

最初にこの手の言説を聞いたのは、中学二年の時だったろうか。言ったのは同級生の男女だった。いや、もっと以前に大人から聞いたのかもしれない。

こうしたことを言う時の彼ら彼女らは、大抵が無表情を装う。単なる客観的事実の報告であるかのように口にする。だがほとんどの場合、彼ら彼女らは誇らしげな笑みを隠し切れていないし、そうでなくても目から憐憫《れんびん》の感情が漏れている。

恐怖が素晴らしい感情であり、恐怖する自分は素晴らしく、恐怖を喚起させる作品は高尚で、恐怖しない人間は憐れだ、と言わんばかりだった。

馬鹿馬鹿しい、とその度に思った。言葉にすることこそなかったものの、ずっと心の中で反発していた。

彼らの話すことは少しも信じられなかった。

恐怖ほど下らない感情はないからだ。

他者を差別し、攻撃し、排除する。そうした愚行の発端になるのが恐怖だからだ。

「決して公に発表できない怪談」が世の中に数多くあることを知った時、その認識はほとんど確信に変わった。

あそこの家はああいう仕事をしている「から」、生まれた子供はこんな奇怪な姿をしている——

あの村の人間「だから」ある年齢を過ぎると頭がおかしくなる——

差別感情と恐怖が分かちがたく結び付いているわけだ。これのどこが素晴らしいというのだろう。

関東大震災時に「井戸に毒を投げ入れたのを見た」というデマで、大勢の朝鮮人が殺された。義務教育で習うこの事実も、恐怖が下らないことの証明になる。

太刀打ちできない大災害の恐怖と、この先の不安に取り憑《つ》かれたところに「新たな恐怖の対象、ただし今度は勝てる相手」が与えられれば、人は簡単に人を殺すのだ。

嘘でも容易《たやす》く信じ込んで、越えてはいけない一線を容易く越えてしまうのだ。

他者を貶《おとし》め、傷付けることを厭《いと》わない、そんな想像力など必要ない。危険予測は感情ではなく理性で行うものだ。

こんな風に言語化できたのは大人になってからだが、わたしはずっとそう考えて生きてきた。

なのに。

フフン、と無意識に鼻で笑っていた。部屋で一人、馬鹿げたことをしている自分が可笑《おか》しくなったからだ。

恐怖なんて下らない。

怖い話なんてもっと下らない。

そう信じて疑わないはずのわたしが、こうして今「怖ガラセ屋サン」なるものを調べている。

もうすぐ四十歳になろうとしているのに。仕事の合間に、時に大学の公開講座を受けたり、地方に取材に出かけたりもして。

わたしはどうして、こんなことをしているのでしょう——

数年前に受講した、公開講座の講師に訊ねたことがある。肩書きはライターだったか評論家だったか、いずれにしろ在野で怪談や都市伝説を調べている人だったが、彼は「そんな、俺に訊かれても」と苦笑した。そしてこんな風に答えた。

「単なる知的好奇心ってのが一番有り得そうだし、それはそれで立派な動機だと思うけど……あなた、怖がらせて欲しいんじゃないの？」

「というと？」

「その、なんだ、怖ガラセ屋サンってやつに」

その時は笑って済ませた。冗談だと思ったからだ。

今はそれなりに説得力を感じている。

わたしは怖がりたいのかもしれない。

三

【タイトル】

保護者の皆様へ
【本文】

時下ますますご健勝のこととお慶び申し上げます。

さて、ここ最近、児童の間で「こわがらせやさん」なる噂話が、特に高学年を中心に流行しています。どこそこのお社でこんな風に唱えてからお願いをすれば、「こわがらせやさん」が出てきて嫌いな人を怖がらせてくれる。あるいは害を与えてくれる。そんな噂です。

もちろん他愛のない噂話ですが、この手の話はいたずらに児童を怖がらせ、悩ませるものです。心身に不調をきたすことも、集団ヒステリーを引き起こすこともあります。

本校といたしましては、いかなるものであっても、児童を傷付けるおそれがあれば遠ざけ、同時に傷付いた児童を労る所存でございます。

保護者の皆様におかれましても、お子様にこの噂について訊ねられた際、きっぱりと否定していただけますようお願い申し上げます。また不安を訴えられたお子様については、どうぞ優しい心で相談に乗っていただけますよう、重ねてお願い申し上げます。

平成十年十月一日
[redacted]市立[redacted]小学校　校長　遠田××郎

とある小学校で配布されたプリントから抜粋した文章だ。わら半紙に印刷されている点が時代を感じさせる。

ここで言及されている「こわがらせやさん」は「怖ガラセ屋サン」と違い、完全な都市伝説らしい。

だから別物だ、と言いたい気持ちはあるが、「怖ガラセ屋サン」の場合はそうもいかない。情報がとても少ないからだ。差異だけを理由に斬り捨ててばかりいると、早々に手詰まりになってしまう。だからこんな日に焼けた、Ｂ５サイズの紙切れを棄てられずにいる。

学校が公的に、都市伝説について言及している。朝礼や終礼ではなく、こんなプリントで保護者に呼びかけている。

奇妙なこと、ではない。

大昔だが不幸の手紙について、教師らが児童や保護者に注意喚起することは少なからずあった。こっくりさんが流行した時も同様だ。

プリントに書かれているとおり、児童にとって有害であれば「いかなるものであっても」それなりに対処する学校は少なくないらしい。単なる対外的なポーズかもしれないが、ポーズを取るだけでも意義はあるだろう。

わたしもこれに似たプリントを配られたことがあった。学校ではない。英会話教室だ。当時そこそこ手広く展開されていた教室で、今思えば良くも悪くも、指導がシステマチックだった気がする。

内容は「赤い下敷き、青い下敷き」の噂話は嘘っぱちだから気にするな、というものだった。教室――ビルの二階と三階――にあるトイレに「出る」と噂されたオバケの話だ。今なら分かるが、都市伝説「赤い紙、青い紙」がローカライズされたものだろう。第二次大戦前にまで遡ることができるという、とても歴史のある都市伝説。

塾の生徒たちはとても怯えていたが、わたしは勿論何とも思わなかった。プリントの存在も受け取ってすぐ忘れ、思い出したのは数日後だった。両親は出かけていたのだろう。プリントを最初に見せたのは祖父だった。

「くだらん」

祖父は鼻で笑った。わたしに一言断ってから、ぐしゃぐしゃとプリントを丸め、開き、洟《はな》をかんでまた丸めて放り投げた。丸められたプリントは鮮やかな放物線を描いて、和室の隅のゴミ箱にストンと落ちた。

顔を見合わせて笑った。

プリントに罪はないが、悪いものを二人で退治した。そんな誇らしく痛快な気持ちになっていた。

すぐ後に祖父に客が来て、わたしは二階の自分の部屋に戻った。わずか一分足らずの、どうということのない遣《や》り取りだったが、それでもわたしには印象的だ。

祖父との一番の思い出にひとしきり浸った後、わたしは目の前のプリントに視線を戻した。

同様の「こわがらせやさん」について注意喚起するプリントは、分かっているだけでも四つの小学校で配布されていた。

一枚は今わたしが手にしている千葉のもの。残り三枚はそれぞれ新潟県の公立、鹿児島県の私立、そして北海道の公立。言い回しの違いこそあれ、内容に特筆すべき差はない。

つまりローカルな都市伝説とは呼べない。

一方で知名度は極めて低い。だからテレビやラジオ、雑誌といったマスメディア経由で流布したものとも考えづらい。念のため当時の雑誌やテレビ放映を、手を尽くして調べてみたが、それらしいものは見付からない。

内容はどうだろう。ナッシー堀田の見聞きしたものとは強くリンクしているが、『潟屍夜話』とは全く結び付かない。

これらは何を意味しているのか。

「そういうこともあるだろう」で済ませるのが、最も理性的な態度だが、あまりにつまらないので除外する。

次に考えられるのは「一人の児童か教師が転校・転任先で広めた」だ。動機は悪意というより、ちょっとした悪戯心だ。一人でなく数人であったとも考えられるが、いずれにしろ少数には違いない。

だが、この可能性はすぐ無くなった。おろかにもわたしは見落としていたのだ。

この四枚のプリントのうち三枚はほぼ同時期に、残りの一枚はその二十年前に配布されていた。

具体的に言うと北海道、千葉、新潟が平成十年十月に。鹿児島のものが昭和五十三年九月に。時期の偏りと極端な開き。個人ないし少数で意図的に広めたと考えるには無理があった。

昭和五十三年というと一九七八年。あの「口裂け女」の都市伝説が流布し始めたのは翌七九年らしいから、「怖ガラセ屋サン」はそれよりも古いもの、ということになる。わたしが生まれる以前からあった、ということでもある。

発見ではあった。だが、そこまでだった。

プリントを所有していたのはいずれも当時の在校生だが、四人とも物置や押し入れを掃除したら偶々《たまたま》見付けたというだけのことで、プリントの記述に強い思い入れはなかった。読み返しても何も思い出さなかった、という。

四人に何度か会い、聞き取りをしてみたが、彼ら彼女らの記憶が甦ることはなかった。当時の友人を紹介してもらったり、当時教師だった人にも会ったが進展はなかった。

この方面に見切りを付けたわたしは他を当たってみることにした。ほどなくして比較的近年の情報を手に入れることができた。

つい一昨年、二〇一九年の秋のことだった。

都内で行われた怪談イベントで、「怖がらせ屋さん」について話した一般参加者がいた、という。

その時の観客数人から話を聞くことができたが、全員「よく分からない話だった」と首を傾げた。直後に機材トラブルか何かで会場が突如暗転して大混乱に陥ったので、そちらの印象が強すぎて忘れてしまった、との証言もあった。

会場となったライブハウスは昨年夏に潰れていて、オーナーもスタッフも摑まらなかった。

途方に暮れていたわたしに、思わぬ知らせが入った。

かつて受講していた公開講座の講師が、ひょんなことから「怖ガラセ屋サン」を知っている人間に会った――と、連絡をくれたのだ。現在三十七歳の男性。小学校の頃に噂が流れてきた、らしい。彼が通っていた小学校は静岡県にあった。場所も時期も、これまで聞いたものとは異なっている。

わたしは講師に「その人を取材させて欲しい」と伝えた。メールを送り、念のためショートメールも送って、留守番電話にメッセージを残した。

返信メールが届いたのは一週間後のことだった。

こちらでその男性を取材してみた、音声ファイルを添付するからとりあえず聞いてみて欲しい。という趣旨のことが書かれていた。


……え、もう喋っていいですか。

こわがらせやさん、ですよね。

カタカナと漢字ですか。いや、どう書くかなんて知りません。聞いただけなんで。表記があったかもしれないけど、自分は全然。

というか、男子は真面目に聞いてなかったと思うんですよね。主に女子の間で流行ってたというか。

だから詳しいことは正直、ええ、プリント見ても「あったなあ」くらいで、具体的なことは……分からないというか。女子に聞いてくれって話で。じゃあ、はい。連絡先。二人だけですけど、知ってます。

にしても、こんなん調べて何になるんですか。あれですか、研究ですか。

そうですか。へえ、変わってますね。

すみません、お役に立てなく……

あ、でも。

いっこだけ、覚えてます。思い出しました。

それ、実際に呼んだヤツがいるって。

違う。呼ばれたヤツがいるって。

一個下だったかなあ。

けっこう金持ちの、なんかヤバい家の娘で。ええ、親父の仕事が。詳しいことは分からないですけど、堅気じゃないってことじゃないですか。

なんか事故って、命に別状はなかったんですけど、病院でずっと怖い怖い言ってて、そのまま転院して。

ええ、檻《おり》のある病院って言ったらいいのか。そりゃ子供ですもん、当時はもっと露骨な言い方してましたよ。放送禁止用語。

で、そのうち娘も、母親も病気になっちゃって。入院して怖い怖いって言って、同じとこに転院になって。

怖い怖いって。ずっと言ってるんですよね。

いや、自分が見たわけじゃないですよ。そういう噂が回ってきたって話で。ええ、だから親子揃って入院したってとこまでは本当。

いや、確かめたわけじゃないですけど。


大きな影がわたしの脳裏をよぎった。同時に感情が小さく弾けた。

何の影かは分からなかった。何の感情かも分からなかった。ただ、記憶が刺激されたことだけは分かった。

今のは何だろう。

スマホでもう一度、最初から聞き直す。

記憶の蓋《ふた》が一瞬開きかけ、閉じる。また開き、また閉じる。繰り返し聞いてもそれ以上は進まない。もどかしさを感じながらわたしはループ再生させた音声に耳を澄ました。

いつの間にか午前五時を回っていることに気付いた。

わたしはスマホをテーブルのわずかな隙間に置き、伸びをした。「怖ガラセ屋サン」のことになると、つい夢中になってしまう。これでは仕事に支障が出る。

食事と睡眠をとった後、わたしは家を出た。

仕事が終わると再び調査を再開した。

四

怖がらせ屋の木下久美子さん、連絡ください。

富山県▼▼市▼▼三丁目×ー× ●山★代　16歳　高校一年

大昔の少女マンガ雑誌『てぃーんず・ショコラ』昭和五十七年二月号のペンフレンド募集コーナーに、こんな投稿があった。

記載されていた住所には投稿の送り主も、その家族も住んでいなかったが、近隣の人たちに聞き込みをして本人に辿り着いた。『てぃーんず・ショコラ』を入手して三ヵ月後のことだった。

その時の音声記録をスマホで再生する。

「投稿、ですか。さあ……。

全然覚えてませんよ。その、昭和五十七年？　のことなんて。

あ、月号はそうだけど時期としては五十六年？

どっちでも一緒ですよ。だってわたし、もうアラ還ですよ。そんな大昔のこと。

え、それがその雑誌ですか。

ああ、ほんとだ。わたしの名前、ですねえ。

怖がらせ屋の、木下久美子さん。

分かりませんねえ。記憶にないです。

これ、そもそも文通……ペンパル募集のコーナーですよね。そこにこんな投稿、おかしくないですか。え、自分に聞いてみろって。いや、だから全然覚えてないんです。

何なんですか。失礼します。


取材は一方的に打ち切られた。彼女は当初からわたしに不審な目を向け、質問にまともに答えることなくドアを閉めた。何度ドアホンを鳴らしても、二度と出てくることはなかった。

わたしの失望はとても大きなものだった。

やっと当事者――「怖がらせ屋さん」に直接関わったらしい人に会えた。そう思った瞬間に拒絶された。

一体どうしたことだろう。

わたしはスマホのタッチパネルを撫でて、ここ最近録った音声を連続で再生する。

山口県E市のタウン誌「ぽろろ」平成元年二月号の片隅に載っていた、「怖がらせ屋さん」の噂話。当時編集部に在籍していた人を探し出し、そこから投稿者を突き止めて取材した。

昭和六十年夏に発行された『別冊ユアフレンド　恐怖の死霊大全』の読者アンケート企画「あなたの街の怖いはなし」に寄せられた「こわがらせ子さん」の噂話。あまりの怖さに心臓が止まってしまうという、恐ろしい話をする正体不明の女性の話だ。似ている、と直感して何とか送り主を探し出した。少女向けの雑誌の別冊だったが、送り主は男性だった。

昭和四十七年に発行された、ふるかわなおみの怪奇マンガ短編集『妖怪へどろおんな』の一編「あの子が怖い」。「こわがらせ子さん」とよく似た女の子が出てくる話で、これも苦労の末、ふるかわなおみの親族を探り当てて取材した。

どの人物も『てぃーんず・ショコラ』の●山★代と同じく、言葉を濁すか、そうでなければ「覚えていない」「昔の話だから」と繰り返し、「これで失礼させて欲しい」と向こうから取材終了を申し出た。理由を訊いても「忙しいから」「急用が入ったから」などと嘘臭い言葉を並べ立てた。そして連絡が付かなくなった。

録音された彼ら彼女らの短い証言を聞きながら、わたしは記憶を辿っていた。

彼ら彼女らが本当に忘れたとは思えなかった。何かを隠している。そんな風に見えた。

或いは何かを恐れているように。あの引き攣《つ》った笑み。怯えた目。

まさか——怖ガラセ屋サンを恐れているのか。

いもしない存在を恐れるほどの何かがあったのか。

未だ口にすることを躊躇《ため》らうほどの、恐ろしい体験が。

謎は深まるばかりだった。同時に興味関心もますます大きくなっていった。一方でここへ来て、完全に手詰まりになっていた。調べられそうなところは全て調べ、もうどこにも進むべき道がない。

部屋中の資料をじっくり見返すが、新たな道筋は見えない。理解ある知人に連絡しても繋《つな》がらない。どうすればいいだろう。もう少しで手が届きそうなのに。

部屋の真ん中で蹲《うずくま》り、途方に暮れていると、パタンと玄関で音がした。

ドアポストに封筒が入っていた。やけに大きく分厚く、緩衝材のふかふかした感触がする。

送り主は、例のライターだか評論家だか、公開講座でお世話になった講師だった。住所は書いていなかった。

中にはケース入りのCD－R、古いカセットテープ、そして一枚の二つ折りにされたルーズリーフが入っていた。

ルーズリーフにはこう殴り書きされていた。


ご要望通り怖ガラセ屋サンについて調べていたところ、以前にも同様の調査をして、全国を渡り歩いていた人物がいたことが分かりました。今から三十年ほど前、一九九〇年代前半です。

その人物は偶然にも、自分の知人が経営する編集プロダクションに出入りしてましたが、ある日トンズラしてしまったそうです。持ち物の一部が机周りに残されていたのを、知人が律儀にも保管しており、その中には古いレンタル倉庫の鍵がありました。問い合わせたところ、使用料の振り込みが滞っていたため、倉庫の中のものは管理者によって全て売却されていました。

その一部を先日、ネットオークションで見付けました。落札したものを閲覧できる形にして送付します。怖ガラセ屋サンに会ったと証言する人物にインタビューし——


インタビューが入っている。

すぐに読むのをやめ、傷だらけの黄ばんだプラスチックケースから、大急ぎでカセットテープを取り出した。六〇分テープ。A面にもB面にも人名らしきものがいくつか書かれているが、掠れてほとんど読めない。

CD－Rのケースを乱暴に開け、中身をデスクトップPCのドライブに放り込む。再生が始まるまでが酷《ひど》くもどかしかった。数分が何時間にも感じられた。

サラサラと砂の流れるようなノイズが、スピーカーから聞こえてきた。時折くぐもった声がするが、全く聞き取れない。わたしは床に積もった資料を掻き分けて、スピーカーを摑んで埃《ほこり》を払い、耳を近付ける。

……だ。生きノ……たかった……からな。

声が次第に意味を象《かたど》り、わたしの耳を打った。全神経を耳に集中させ、ノイズ混じりの声を聞く。

二人の人間が会話しているらしい。

落ち着いた女性の声。こちらは比較的聞き取りやすい。

逆に聞き取りにくいのは、高齢の男性らしき、嗄《か》れた低い声。

女性が訊ね、男性が答える。その繰り返し。

かつて「怖ガラセ屋サン」を調べていた人物は、わたしと同じ女性らしい。

——……それで今に至る、というわけですか。

（大きなノイズ）

ああ。大きな病気もせず、子供も、孫も健康だ。長生きさせてもらっているよ。彼らの分まで生きさせてもらっている、というか。

（畳を擦《こす》る音）

——先ほどチラリと……しましたが、かわ……ね。

だろう？　自慢の孫だよ。他にも孫はいるが、一番可愛いのはなんたってあの……って……だからな……。

（ノイズが続く）

あなたも祖父母は戦……だろ、きっと。そういう話はあんまりしないかな。自分も訊かれたら多少答えるくらいで……は…………ンだ。

——よく聞かせてもらいますよ。お盆の頃は特に。

なるほど、なるほど。まあ、そういう時期だからな。それで、あなたの言ってた、その、何だったかな。

——「怖ガラセ屋サン」ですね。

おお、それだ。それなんだが、なにぶん古い話でな。聞き覚えはあるんだが、どこだかハッキリしないんだよ。こないだ書庫だとかを調べてみたんだが本には載っていないし、日記かなと思って物置を漁ったんだが、どこにも書いていなかった。

――…………。

どうかしたのかな。

――…………。

ん？　それは？　水筒？

――あなたならお分かりでしょう。ここをご覧いただければ。

（畳を擦る大きな音。陶器が割れる音）

あんた。これをどうして。

――祖父から譲り受けました。

嘘だ！　あいつは俺が……

――あなたが？


会話が途絶えた。聞こえているのはノイズばかりで、一向に話し出す気配がない。緊張感がスピーカーから漏れ出ている。

わたしは両手で口を押さえ、その場に縮こまっていた。

そうしていないと悲鳴を上げてしまう。

あるいは泣き出してしまう。

そんな確信があった。全身が震え、冷や汗にまみれていた。

はっきりと思い出していた。

あの日のこと、あの日の祖父のことを。

英会話教室のプリントを丸めて捨てた後、祖父とわたしは笑い合った。直後に祖父宛の客が来た。祖父が客を迎え入れるため玄関へ行き、わたしは二階に上がった。

客は一時間もいなかったはずだ。

玄関ドアが開いて閉まる音がして、わたしは一階に下りた。客の靴がないことを確かめてから、和室に足を踏み入れる。

湯飲みが割れていた。座卓にお茶がぶちまけられ、ぽたぽたと畳に滴《したた》っていた。

胡座《あぐら》をかいた祖父が真っ青な顔で、その様を見つめていた。

夏でもないのに額には汗が滲み、唇が震えていた。まなじりが裂けそうなほど目を見開いていた。

祖父は、恐れていた。

あれほど剛胆な人が。つい一時間前にプリントを投げた祖父が、何かを怖がっていた。

その様子を見ていたわたしの全身に、一気に鳥肌が立った。

わたしも恐れていた。祖父が怖がる姿を見て、わたしまで怖くなっていた。

だから叫んだ、と思う。逃げ出した、はずだ。

覚えていない。記憶が飛んでいる。

次に思い出したのは早朝、庭の木の枝からぶら下がって揺れている、祖父の姿だった。やけに首が伸び、開いた口から舌がだらりと垂れ下がっていた。

翌日、いや翌々日だ。客が来た二日後に、祖父は自ら命を絶った。

今の今まで忘れていた。いや、記憶の奥底に押し込めて蓋をしていた。怖かったからだ。心底恐怖したからだ。それを思い出してまた怖くなっている。

必死で呼吸を整える。他のことを考える。視線を床に落とすと、読みかけのルーズリーフが目に留まった。


——インタビューしたものです。

すみませんがこれっきりにしてください。もう限界です。「怖ガラセ屋サン」に興味があるとは言いましたが、日常生活を全て犠牲にするほど打ち込むのは不可能です。それを強制されるのは苦痛でしかありません。どうぞ今後はご自身だけで頑張ってください。


意味不明の文章だった。

恐怖は少しも薄れることなく、むしろますます濃くなってわたしの周囲に立ち込めていた。

今まで何をしていたのだろう。

わたしは恐怖した記憶を封印していた。忌まわしい記憶を思い出さなくなっていた。それなのに「怖ガラセ屋サン」なんて訳の分からないものにのめり込んで、わざわざその記憶を掘り起こしてしまった。感情を思い出してしまった。恐ろしい。祖父の恐怖する様が恐ろしい。

暗い部屋の中でわたしは震え上がっていた。

ノイズの向こうから女の声が、はっきりと耳に届いた。

……怖かったですか。

装画　八嶋洋平
ブックデザイン　鈴木成一デザイン室

第一話　人間が一番怖い人も――「小説幻冬」二〇一八年三月号
第二話　救済と恐怖と――「小説幻冬」二〇二〇年三月号
第三話　子供の世界で――「小説幻冬」二〇二〇年六月号
第四話　怪談ライブにて――「小説幻冬」二〇二〇年九月号
第五話　恐怖とは――「小説幻冬」二〇二〇年一二月号
第六話　見知らぬ人の――「小説幻冬」二〇二一年三月号
第七話　怖ガラセ屋サンと――書き下ろし

著者略歴
澤村伊智（さわむら・いち）
一九七九年大阪府生まれ。二〇一五年、『ぼぎわんが、来る』（受賞時のタイトルは「ぼぎわん」）で第二二回日本ホラー小説大賞大賞を受賞しデビュー。同作は『来る』のタイトルで映画化も。二〇一七年、『ずうのめ人形』が第三〇回山本周五郎賞候補に選出。二〇一九年、「学校は死の匂い」で第七二回日本推理作家協会賞短編部門を受賞。著書に『恐怖小説 キリカ』『ししりばの家』『ひとんち 澤村伊智短編集』『予言の島』『ファミリーランド』『うるはしみにくし あなたのともだち』『アウターQ』『邪教の子』などがある。

怖ガラセ屋サン

二〇二一年一〇月二五日 第一刷発行
二〇二一年十一月一〇日 第二刷発行

著者 澤村伊智
発行人 見城徹
編集人 菊地朱雅子
編集者 袖山満一子 有馬大樹
発行所 株式会社 幻冬舎
〒一五一-〇〇五一 東京都渋谷区千駄ヶ谷四-九-七
電話 〇三-五四一一-六二一一〈編集〉
〇三-五四一一-六二二二〈営業〉
振替 〇〇一二〇-八-七六七六四三
印刷・製本所 中央精版印刷株式会社

検印廃止

ISBN978-4-344-03855-4 C0093
幻冬舎ホームページアドレス https://www.gentosha.co.jp/
この本に関するご意見・ご感想をメールでお寄せいただく場合は、comment@gentosha.co.jpまで。